ベリーズ文庫

騎士団長は若奥様限定!?
溺愛至上主義

小春りん

STARTS
スターツ出版株式会社

目次

騎士団長は若奥様限定!?
溺愛至上主義

薔薇色の政略結婚

「ハァ……いつになったら、この窮屈なドレスから解放されるの？」

大国セントリューズに暖かな春が訪れる頃、ノーザンブル王国第一王女、ビアンカ・レイヴァは優美な馬車に揺られていた。

ベルベットの布地を基調に、細やかな錦糸の刺繍《ししゅう》があしらわれた婚礼衣装。

ビアンカがまとっている豪華絢爛《けんらん》なドレスには乙女の夢が詰まっているというのに、彼女の心は憂鬱《ゆううつ》に苛まれていた。

いつもよりキツく締められたコルセットのせいで、息をするのもつらい。

その上、何時間も自由の利かない籠の中に閉じ込められていたら、気分も滅入るというものだ。

「今からでも、ノーザンブルに帰りたい……」

「ビアンカ様、弱音を吐くのが早すぎます」

侍女のアンナがあきれたように息を吐く。

黒い瞳に、ふくよかな体をしたアンナは幼い頃から一番近くでビアンカの身の回りの世話をしてきた、第二の母のような存在だ。瞳に同じく黒々としていた艶やかな髪も今では白髪混じりのグレーヘアーに変わり、日にあたるとキラキラと輝いた。

そんなアンナは長年ビアンカに仕えてきたせいか、侍女だというのに愛想がない。けれど、身分が上である自分に対しても物おじしないところを、ビアンカはとても気に入っている。

「ねぇ、アンナ。せめて、このコルセットだけでも緩めてくれない？」

「無理です。これから婚儀がありますし、まだまだ先は長いのですから、いい加減シャンとしてください」

そんなことを言われても、つらいものはつらいのだから仕方がないのだ。

ビアンカの気持ちは今すぐにでもドレスを脱ぎ捨て、やわらかなベッドに飛び込みたいといったところ。

四人兄弟の中で唯一の王女であったビアンカは昔から厳しくしつけられ、その反動なのか堅苦しいことが苦手だった。

幼い頃、本当は三人の兄たちと一緒に馬に乗ったり広い庭を駆け回ったり、木登りをして遊びたかったのに、みんながみんな、口を揃えてダメだと言うのだ。

だからこっそり、ドレスのまま木登りをしてリボンを見事に破き、両親やアンナに、こっぴどく叱られたこともあった。

こんなことを白状したらアンナに怒られるだろうから口が裂けても言えないけれど、衛兵に頼んで王都にある屋台の食べ物を持ってきてもらったこともある。

改めて考えてみても、そんな自分がこれから花嫁になるなんて、当事者であるビアンカには想像もできなかった。

（そもそも恋も知らないうちに永久の愛を誓うだなんて、そんな不条理なことがあっていいの？）

頭ではそう思っても、一国の王女である以上、いつかはこんな日が訪れただろうというあきらめもある。

すべては祖国の発展のため、祖国の民を守るため、王女として生まれたときから定められた運命なのだ。

逆らうことは許されない。たとえそれが——顔も知らない男との結婚だとしても、ビアンカはすべてを受け入れるしかなかった。

「ねぇ、アンナ。ルーカス様は……今も昔と、変わらないまま？」

ビアンカがため息をこぼすように尋ねると、アンナは目を見開いて固まった。

親の決めた政略結婚。けれど、自分は運がいいほうだとビアンカは思っていた。

今の顔は知らなくとも遠い昔に一度だけ、これから自分の夫となる男、セントリューズ王国第二王子、ルーカス・スチュアートと、顔を合わせたことがあるのだ。

向こうは覚えていないかもしれないが、幼い頃に一度だけ、話をしたことがある。

「相変わらず花がお好きで、お優しいのかしら……」

つぶやくように言ったビアンカの言葉に、正面に座すアンナが顔色を青くした。

あからさまに視線を泳がすアンナを見て、ビアンカは思わず首をかしげてから眉根を寄せる。

「アンナ？　どうしたの？」

「い、いえ。ええ、と、そうですね……。ルーカス様は、それはもう……ビアンカ様が幼い頃にお会いしたときと同様、優し――いえ、ご立派になられていると聞いております」

「そう……それならよかった」

アンナの言葉に改めて安堵の笑みをこぼしたビアンカは、自分の両手のひらを静かに見つめた。

（ここまできたら、いよいよ覚悟を決めるしかないわよね……）

今回の政略結婚はあまりにも突然に、舞い込んできた話だった。

ある日、父である国王に呼び出され、『セントリューズから、お前を花嫁にもらいたいとの申し入れを受けた』と、告げられたのだ。

『一刻の猶予もない。ビアンカ、国のためにセントリューズの花嫁となってくれ』

父のその言葉の通り、婚礼の準備をするまでにも一週間しか時間はなくて、早急に事は進んでいった。

そのせいでビアンカは、自分の結婚相手がセントリューズ国王の王弟であること、そして、その王弟が十七歳である自分よりも五つ上の二十二歳であるということ以外は知らされていないのだ。

多忙なスケジュールの中、父であるノーザンブル国王に相手がどんな男かを尋ねても、はぐらかされるばかりだった。

アンナはアンナで、国王が受けた相手であるから大丈夫だとの一点張りで、ビアンカに相手の情報を聞き出すチャンスを与えなかった。

それでも、ビアンカがこの結婚を断らなかった理由がある。

もちろんひとつは、これが大切な政略結婚であること。

そしてもうひとつは……幼い日の、淡い記憶のためだった。

「……なんだか、今さらドキドキしてきたわ」

思い起こすのは遠い春、これから自分の夫となる男、ルーカスとはじめて顔を合わせたときのことだ。

父親であるノーザンブル国王に連れられて、晩餐会に参加するためセントリューズを訪れたビアンカが、まだ六歳になったばかりの頃の話――。

＊＊＊

『わぁ……素敵……』

その日、晩餐会が始まる前に時間を持てあましたビアンカは、侍女たちの目を盗んでひとり、王宮内の庭園へと足を運んだ。

広大な庭園には色とりどりの花が咲き誇り、中心には大理石でつくられた大きな噴水が鎮座している。

足もとには噴水を中心にして放射状に広がる石畳の床、周囲には無数の花々が咲き乱れて、まるで一枚の絵画を見ているようだ。

ビアンカはなにかに引き寄せられるように、噴水へと向かって歩を進めた。

（本当に、夢の世界を歩いているみたい……）

芳醇な花の香りに包まれながら、ふわふわとした足取りで歩いていたビアンカだったが、噴水まであと数メートルというところで不意に、その足を止めた。

(あの子……)

視線の先には、自分よりも、ふた回りほど体の大きな男の子がいる。

男の子は花壇の前でしゃがみ込み、無数の花の中でひと際美しく咲く赤い薔薇《ばら》を見つめて石像のように動かなかった。

あまりに熱心に見ているせいか、近くに立つビアンカに気づく様子もない。

『ねぇ、そこでなにをしてるの?』

『わ……っ!?』

背後から声をかけると、大きく肩を揺らした男の子が弾かれたように振り向いた。

艶のある黒髪と、黒曜石《こくようせき》のように綺麗な黒い瞳。陶器のような美しい肌が印象的で、幼いビアンカは思わず彼に見とれてしまった。

『そ、そっちこそ、こんなところでなにしてるんだよ』

綺麗な目を細めて、男の子がビアンカを睨む。

見れば彼の手には汚れた薔薇が握られていて、指先にも土がついている。

『それ……どうしたの?』

今度は息を潜めるように尋ねて、彼からの答えを待った。

すると、悔しそうに眉根を寄せた男の子は一瞬唇を噛んでから、手の中の薔薇に目を落とすと、震える声で言ったのだ。

『……これは、剪定《せんてい》された薔薇だよ』

『剪定された薔薇?』

『そう……。より綺麗な花を咲かせるために、邪魔になる枝や葉、まだ開ききっていない形の悪い花を取り除くんだ』

『へぇ……』

彼の言うことが確かなら、今、彼の手の中にあるのは、その〝形の悪い花〟なのだろう。

視線を上げると目の前には、真っ赤な薔薇が一輪、美しく咲き誇っている。

『剪定されたこの薔薇だって、いつかは、こんなふうに綺麗に咲けたかもしれないのに……』

『え?』

『身勝手な都合で手折られて、咲くことすら許されないなんて、かわいそうだ』

そこまで言って、男の子は手の中の薔薇を慈しむようにそっと、胸へと引き寄せた。

まだ、折られたばかりなのだろう。

彼の言う通り、決して大きな花弁だとは言えないけれど、汚れた薔薇は慎ましくも、赤く輝く花を咲かせる途中のようだった。

『ねぇ……それ、私がもらってもいい？』

『え？』

『だって、花瓶に挿せば、まだ咲くかもしれないでしょう？』

男の子の隣にしゃがみ込み、ニッコリと微笑んだビアンカは、小さな両手を差し出す。

驚いたように瞳を揺らした彼は慌てて手の中の薔薇とビアンカを交互に見ると、ゴクリと息をのんだ。

『で、でも……これは土の上に落ちてた薔薇だし、汚れているから……』

『大丈夫。汚れてなんかない、綺麗だもの』

『……っ』

ビアンカの言葉に、男の子が目を見開き、声を詰まらせる。

『私が、大切にする。いつか綺麗な花が開くまで、楽しみに待つわ』

切り落とされたからといって、終わりではない。

花瓶に挿して毎日水を替え、少しずつ愛情を注げば、きっと綺麗に咲くはずだと幼いビアンカは信じていた。

『綺麗に咲いたら、この庭園に咲くどの花よりも気高く、逞しい一輪になる。ね、あなたも、そう思うでしょ?』

ビアンカがそう言って再びニコリと笑いかけると、美しい黒髪をなびかせた男の子――ルーカスは、とても幸せそうに微笑んだ。

『ありがとう。きっと綺麗に……咲かせてみせる』

そっと、差し出された薔薇の花。触れ合った指先は温かく、優しい愛に満ちていた。

＊＊＊

「あの、薔薇の花……」

遠い日の記憶に想いを馳せていたビアンカは、ふと、自分の手のひらへと視線を落とした。

思い返せばあのとき、手渡された薔薇の花が無事に咲いたかどうか、十七歳になったビアンカは覚えていない。

そしてその後、今回の政略結婚の話がくるまで、ただの一度もルーカスと顔を合わせることもなかったのだ。

まさか当時は、自分が将来セントリューズに嫁ぐことになるなど思いもしなかった。

「……ルーカス様にお会いするのが、今からとても楽しみね」

ぽつりとこぼされたビアンカの言葉に、アンナが再び肩を揺らした。

ゆっくり、ゆっくりと進む馬車。

ああ——どうか、世間知らずで自分のことに無頓着な王女に〝彼の正体〟が、ギリギリまでバレることがありませんように……と、アンナはただ、祈るばかりだ。

そんなアンナの思惑も露知らず。ビアンカはほんの少しだけ浮いた心を連れて、馬車の中からそっと青い空を仰いだ。


「ビアンカ・レイヴァ王女。セントリューズへようこそ」

目的地である王宮に着き、馬車を降りたビアンカを出迎えてくれたのは、栗色の髪が美しい青年だった。

一瞬、夫となるルーカスかと思ったが、すぐに違うと思い至る。

今、ビアンカの目の前にいる青年は、髪の色も違えば瞳の色もブルーで、ビアンカが知るルーカスの特徴を持ち合わせてはいない。

記憶の中の彼は、黒髪の少年だ。

幼い自分を見つめる瞳の色も間違いなく黒だった。

「長旅で、お疲れでしょう。婚儀まで、どうか王宮内で体をお休めください」

朗らかに微笑む彼の年齢は、三十歳前後に見受けられる。

品のいい顔立ちと知的な雰囲気が、なんとなく、ビアンカの姿勢を正させる。

「お気遣い、ありがとうございます。ところで、あの……あなたは……」

「ああ、失礼。申し遅れました。私の名は、オリヴァー・スチュアート。こうしてお会いできたのを、とてもうれしく思います」

――オリヴァー。

それはなにを隠そう、セントリューズの現・国王の名前だった。

年齢はたしか、二十七歳。ビアンカがこれから嫁ぐ、ルーカスの兄でもある。

「た、大変失礼いたしました！　まさか、国王陛下直々にお迎えしていただけるとは思わず……！　私のほうこそ陛下にお会いできて、とても光栄にございます……！」

ビアンカが慌ててドレスを持ち上げ頭を下げると、オリヴァーは困ったような笑みをこぼした。

「いえ、どうかお気になさらず。むしろ謝らなければいけないのは、こちらのほうで……」

「え……？」

「実は、ビアンカ王女の夫となる我が弟が、まだ王宮に帰っていないのです。本来であれば、今ここにいるべきなのはルーカスだというのに……」

ため息をつきながら、額に手をあてたオリヴァー。思いもよらない話に、ビアンカは返す言葉を失った。

（ルーカスが、王宮に帰っていない？）

それはいったい、どういうことなのか。

なにか、大切な政務でもあり王宮外に出てしまっているのだろうか。

たとえそうだとしても、この後執り行われる婚儀は、どうするつもりなのだろう。

「あ、あの……ルーカス様は、今どこに……」

けれど、ビアンカがオリヴァーに恐る恐る、ルーカスの居場所を尋ねようとしたとき。

突然、バタバタという足音が響いて、回廊を若い衛兵が駆けてきた。衛兵は息を切らせながらオリヴァーの前で膝をつくと、深々と頭を下げる。

「お話し中のところ、大変申し訳ありません！　たった今、ルーカス様がお戻りになられました！」

知らせを聞いて、オリヴァーはパッと表情を明るくしてから息を吐く。

「おお、そうか……！　それはよかった！　それで、ルーカスは今どこに？」

「はい。今、こちらに向かっておいでです。街で暴れていた山賊も、滞りなく討伐されたとのことで！」

「……山賊を、討伐？」

衛兵の言葉を繰り返すようにビアンカがつぶやくと、今の今までビアンカのうしろで息を潜めていたアンナが、ギクリと肩を揺らした。

今、聞き間違えでなければ衛兵はたしかに、〝ルーカスが街で暴れていた山賊を討伐した〟と言った。

だけど、どうしてルーカスが野蛮な山賊を討伐するなんてことになるのか。

大国・セントリューズの第二王子である彼が、そんな危険なことをするはずがない。

「ねぇ、アンナ。ルーカス様は、いったい――」

けれど再び、ビアンカがアンナにルーカスのことを尋ねようとしたとき。

今度は突然辺りが静まり返り、言葉が静寂の中にのみ込まれた。

代わりに、コツコツという規則正しい靴音がひとつ、ビアンカたちのいる王宮入口のホールに近づいてくる。

ビアンカはアンナのほうを振り返ろうとしていた体の動きを止めて、たった今、衛兵が駆けてきたきらびやかな回廊へと目を向けた。

左右にいくつも並んだ巨大な窓と、金の装飾がなされた美しい壁。

天井には豪華なシャンデリア、芸術的な燭台と美術品の数々。

ここを通る人々を歓迎するように光の空間が演出されていて、思わず目を奪われた。

「――ルーカス！」

「……っ‼」

オリヴァーの声にビアンカの体が揺れたのは、一瞬だった。

直後、美しい回廊をひとりの男が真っすぐに歩いてくるのが見えて、金縛りにあったように体の自由が利かなくなった。

まるで、この世のものではないような、そのあまりに美しいいでたちに背筋が震え、思わずゴクリと喉が鳴った。

絢爛豪華にきらめく回廊に、決して引けを取らない。それどころか、むしろ……金銀に輝く芸術品よりも、今、目の前に現れた男のほうが美しく、ビアンカは魅了される。

（ルーカス……？）

癖のない黒髪から覗く、鷹《たか》のような鋭い目。

黒曜石のような黒い瞳はすべらかな肌によく映えて、一度捕らえられてしまえば目を逸らすことは叶わなかった。

ビアンカよりも頭ひとつ半ほど高い背に、精悍《せいかん》な体つき、長い脚。並んで歩いたら歩幅が合わず、ビアンカはきっと、置いていかれてしまうだろう。

彼の姿勢がよいからだろうか。男らしい体つきからはなぜか気品も感じられ、ため息がもれそうなほどの色気もまとっていた。

（まさか……彼が、ルーカス？　でも、オリヴァー国王陛下はたしかに今、彼をルーカスと……）

遠い日の記憶にいたあどけない少年とはまるで別人で、ビアンカの頭の中は混乱で揺れていた。

けれど、この場で驚いているのはビアンカただひとりで、誰もが当然のように彼のことを受け入れている。

「ルーカス、お前にしては、ずいぶん遅い帰りだな」

「……申し訳ありません、兄上。捕らえた山賊がひどく抵抗しまして、急遽その場で手を下してまいりました」

オリヴァーの隣で足を止めた彼、ルーカスは、そう言って胸に手をあて、腰を折った。

（山賊に、手を……下してきた？）

ビアンカはルーカスを目で追いながらも、頭の中では今の状況を整理しようと必死だ。

今、目の前にいる彼の姿は、ビアンカの想像していたものとは、まるで違う。

ビアンカはてっきり、オリヴァーと同じくルーカスも穏やかな様相で、王族の正装に身を包んでいるものとばかり思っていた。

「残党は部下たちが追い、ひとり残らず捕えたとの報告も受けました。ここ最近、王都に現われては悪事を働いていた一味は全員、息の根を止めることができたかと」

そう言うルーカスが今、身にまとっているのは、どこからどう見ても軍服だった。

彼の髪色と同じ黒い軍服には、黒地に美しい金糸の刺繍の施された詰襟《つめえり》。

細身の下衣に重ねられた黒い編み上げのロングブーツ、腰に下げられたサーベルの鞘には王家の紋章が刻まれていた。

――まるで、黒い薔薇。

黒薔薇をその目で実際に見たことはないが、彼の洗練された雰囲気といでたちから、ビアンカは、そんなことを思わずにはいられなかった。

「ハァ……ルーカス。お前、そんな報告よりまずは、これから自分の妻となるビアンカ王女を出迎えられなかったことを、王女自身に詫びるべきだろう」

オリヴァーが、あきれたような息を吐く。

「それに、今から婚儀を挙げる奴が山賊に手を下してきたなんて……。縁起でもない上に、なによりビアンカ王女を怖がらせてしまう」

けれど当のルーカスは、表情ひとつ変えることなく真っすぐにオリヴァーを見つめていた。

「そもそも、街で山賊が暴れているという報告を受けたお前が突然、血相を変えて王宮を飛び出していったと知って、我々がどれだけ肝を冷やしたか……。いつもは数人の山賊相手に〝長《おさ》〟であるお前が直々に出向くなどしないだろう？」

（……ちょっと待って）

いよいよ今の状況についていけなくなったビアンカは、相変わらず背後で息を潜めている侍女のアンナへと目を向けた。

すると、白々しく目を逸らしたアンナは、とぼける気満々で口笛でも吹きそうな顔をしている。

「申し訳ありません、ビアンカ王女。この、ルーカス――弟は少々、愛想がなくて」

「あ……っ、は、はいっ！　って、いいえ！　あ、すみません……！　そんなことは、どうかお気になさらず！　そ、それよりも、あの……その……」

ビアンカの頭の中は、もう、どうにも収拾がつかなくなっていた。

（だって、想像していたルーカスがまるで別人となって現れたと思ったら、山賊を手にかけていて……。だけどルーカスは別人ではなくて、薔薇が似合う男性かと思ったけれど軍服を着た結婚相手で愛想がなくて……）

「王女もすでにご周知の通り、弟は第二王子でありながら、この国の王立騎士団の騎士団長を務めております」

「き、騎士団長……？」

残念ながら、ビアンカは初耳だ。

「はい。それで今朝から、国内で暴れていた山賊の討伐に乗り出しておりまして……。結果は今、ビアンカ王女がお聞きになった通りなのですが、剣の腕は間違いなく、この国一の実力を持っています」

ニッコリと朗らかに言うオリヴァーとは対照的に、ビアンカはドクドクと心臓を不穏に高鳴らせていた。

（ルーカスが騎士団長で、この国一の剣の使い手？）

そんなこと、ビアンカは今の今まで知らなかった。知らされていなかった。

ルーカスは、幼い日に会ったときのように花好きで、穏やかな青年へと成長してるものだとばかり思っていたのだ。

そんな彼となら、たとえ政略結婚であろうと温かで優しい家族になれるのではないかと、ビアンカは淡い期待すら抱いていた。

「ふつつかな弟ではありますが、これから、どうぞよろしくお願いいたします」

そう言って、再び朗らかに微笑んだオリヴァーの隣ではルーカスが真っすぐに、ビアンカを見つめていた。

美しい、黒曜石のような黒い瞳。見とれるくらいに綺麗な彼は今の今まで表情ひとつ変えることなく、目の前に佇んでいる。

ルーカスはいったい……今、なにを思っているのか。

これから自分の妻となるビアンカを前に、なにを考えているのだろう。

「こ、こちらこそ、これから、どうぞよろしくお願いいたします」

戸惑いながらもドレスを持ち上げて、ビアンカは静かに頭を下げた。
それが今の彼女にできる、精いっぱいの対応だったのだ。
なにを考えているかもわからない。
ひたすら真っすぐに、自分を見つめる彼こそが……今からビアンカの夫となる男。
国王の隣で静かに佇む彼が、セントリューズ王国第二王子――【王立騎士団長】
ルーカス・スチュアート、その人だった。

冷酷無情な彼と、はじめての夜

「アンナ‼　いったい、どういうことなの⁉」

婚儀は大きな問題も起きることなく、厳かに執り行われた。

美しい礼拝堂と、光り輝くステンドグラス。

黒い軍服から白い礼服に着替えたルーカスは、そのどちらにも負けないほど目の眩むような美しさだった。

けれど、肝心のルーカスはビアンカなど視界に入っていなかったように思う。

婚儀の間、ただの一度もビアンカに声をかけることなく、真っすぐに前を向いた横顔からは感情を読み取ることができなかった。

唯一、ふたりの目が合ったのは司祭の祝福を受けた後、互いに誓いの言葉を口にしたときだけだ。

『汝、ビアンカ・レイヴァを愛し、これを敬い、これを慰め、これを助け、その命ある限り、真心を尽くすことを誓いますか』

『――はい、誓います』

礼拝堂内に凛と響く、力強い声だった。

驚いたビアンカは、思わずまばたきも忘れてルーカスを見つめた。

するとルーカスは、一瞬だけ熱のこもった瞳でビアンカを見つめた後、不意に、愛おしげにその目を細めたのだ。

絡まる視線と視線。

ビアンカの胸の鼓動が、小さく跳ねる。

ふたりの結婚は国と国を繋ぐための政略結婚。

お互いに恋愛感情などないはずなのに、ルーカスはビアンカを愛している——なんて、そんな錯覚すら覚えそうになるほど、ビアンカを見つめる彼の目は優しかった。

けれど、そんなふうに感じたのも、その一瞬だけだ。

すぐに無表情に戻ったルーカスは、それ以降一度もビアンカを見ることなく婚儀を終えると、知らぬ間にどこかへ消えてしまった。

「まさか、ルーカス様が王立騎士団の騎士団長を務めているなんて……そんなこと、私は誰にも聞かされてない！」

残されたビアンカは用意された部屋で、アンナを相手に頭を抱えるしかない。

ようやくコルセットの締めつけから解放されたというのに、今のビアンカの気分はどうやっても浮き上がらなかった。

「どうして、教えてくれなかったの!?」

ビアンカのまとう、かわいらしいレースのあしらわれた白いネグリジェの裾がフワリと踊る。

落ち着かない様子のビアンカを前に、一度だけため息をついたアンナは一瞬目を伏せてから、ゆっくりと重い口を開いた。

「ビアンカ様に、ルーカス王子の職務の件を話さなかったのは、国王様のご命令があったからです」

「お父様の、命令……?」

「はい。『ビアンカは、ルーカス王子が優しく穏やかな青年だと思い込んでいる。もし本当のことがバレたら、たとえ政略結婚でも駄々をこねるかもしれないから、ギリギリまで黙っていろ』……と」

アンナから告げられた思いもよらない言葉に、ビアンカは絶句した。

「国同士をつなぐ大事な政略結婚から、ビアンカ様が逃げ出さないようにと国王様が予防線を張ったのですよ」

「そんな……っ。いくら私でも、自分の立場くらいわきまえているわ！　結婚に私情を挟むなんて、一国の王女としてするわけがないじゃない！」

ビアンカが思わず声を荒《あら》らげると、アンナは大袈裟にため息をついた。

「では、ルーカス様が王立騎士団の騎士団長を務めているとお聞きになったとしても、今回の政略結婚の話を快くお受けになりましたか？」

「そ、それは、もちろんっ！……た、たぶん」

改めて聞かれると、自信がない。

「ハァ……。ビアンカ様は、ルーカス様が〝花が好きな優しい青年〟に成長されているであろうと思ったから、快く引き受けたのですよね。ルーカス様となら、たとえ政略結婚でも穏やかな家庭を築いていけるのではないかとお考えになり、結婚を快諾されたはずです」

図星をつかれたビアンカは、黙り込むしかなかった。

「だとしたら、国王陛下が真実を伝えることを躊躇《ちゅうちょ》するのも当然かと。花好きな優しい青年と王立騎士団の騎士団長とでは、イメージの差がありすぎます」

「だ、だからって、ふたりして黙っているなんてひどいっ‼　こんなの詐欺よ、ひどすぎるわ……‼」

ビアンカは今度こそ叫んで、「うわーん」と子どものような泣き声をあげた。

そのまま背後に置かれていたベッドへと突っ伏すと、グズグズと鼻をすする。

絹のようにやわらかなブロンドの髪が、波打つように真っ白なシーツの上に広がった。

華奢な肩は震え、ヒックヒックと嗚咽《おえつ》まで聞こえてきたから、さすがのアンナの胸にも罪悪感が滲んだ。

……こうなることがわかっていたから、ノーザンブル国王はアンナをビアンカ付きの侍女として一緒に送り出したのだ。

幼い頃からビアンカに仕えていたアンナであれば、嫁ぎ先でなにかあってもビアンカが心強いだろうと思って。

『アンナ、向こうでビアンカのことを支えてやってくれ』

ふと、ここへ来る前に、国王に言われた言葉がアンナの脳裏をよぎる。

今回のビアンカとルーカスの結婚は、国の命運をかけた一大イベントだった。

ビアンカの父がおさめるノーザンブル王国では野菜や花、果物、庭木などの栽培を中心とした園芸農業を経済の主としていた。

ノーザンブルは王族と民衆が互いを思い合い、尊重して日々を生きる、平和で穏やかな国だ。戦ともずいぶんの間、無縁だった。

けれど、それが災いして、ある日、王権の変わった隣国に国土を狙われてしまったのだ。

ノーザンブルは他国に比べ、武力の面では劣っている。

それでも、攻め入られようとしている自国を、国王はなんとしても守らなければならなかった。

かといって、今日明日で武力は強化できるものではない。

そんなとき、タイミングよく飛び込んできたのが今回の結婚話だ。

大陸一の強国、セントリューズの第二王子との政略結婚。

『ぜひビアンカ王女を、我が弟の妃として迎えたい』

オリヴァーから直々に申し入れのあった願ってもない話を、ビアンカの父であるノーザンブル国王が断るはずもなかった。

大国セントリューズといううしろ盾を得ることで、他国からの侵略を阻止できる。国を、国民を守ることができるのだから。

セントリューズからご指名を受けたのは、ノーザンブル王国の第一王女であるビアンカ・レイヴァだ。

どうしてビアンカが指名されたのか……明確な理由は国王にさえわからない。

それでも、他国の侵略を防ぐためにはセントリューズの力が今すぐにでも必要で、ビアンカが選ばれた理由はどうあれ早急に結婚の話を進める必要があった。

けれど……ここで、大きな問題がひとつ。

肝心のビアンカは軍人が苦手だった。理由は幼い頃、祖国の王宮庭園にある思い出の花壇を、隣国の軍隊長に踏み荒らされたため。

それは亡きビアンカの母とビアンカがふたりで、母の生前に種を蒔き、水やりをしながら成長を見守っていた、大切な花の咲く花壇だった。

あとで話を聞くと男はその日、好意を寄せていたいた婦人にこっぴどくフラれたのだという。苛立ちのはけ口に、遠征で来ていた隣国の庭園にある小さな花壇を踏み荒らし、揚げ句の果てにはショックで固まるビアンカを見て謝るでもなく『ブーツが汚れた』と言い捨てた。

そのときのビアンカの怒りようは、今でもノーザンブルのお転婆王女の逸話として、王宮内で語り継がれているほど、すさまじいものだった。

当時九歳になったばかりのビアンカは、花壇を踏み荒らした軍隊長に詰め寄ると、思いっきり彼の股間を蹴り上げたのだ。

あまりの痛みに膝を折り、蹲《うずくま》る男。そんな彼を、目にいっぱいの涙をためて見下ろしたビアンカは、一度だけ大きく息を吸い込み、『ざまぁみろ！』と強く言い放った。

それ以来、ビアンカは軍人を見るとどうしても、あの日のことを思い出してしまうらしい。ぐちゃぐちゃに踏み荒らされた花壇。亡き母との大切な思い出が壊された日のことを。

〝結婚するなら花好きの優しい人〟というのは、ビアンカの心にいまだ、その傷が残っているからなのだとアンナにはわかっていた。

けれど、そうは言っても大切な政略結婚だ。ビアンカのトラウマを理由に、破談にはできない。

だからこそ、今の今までアンナも国王も、ビアンカにはルーカスの正体を隠し通してきた。

それこそビアンカにバレないように、王宮内に仕える者たち全員に緘口令《かんこうれい》まで出す徹底ぶりだった。

「ア、アンナのことも、お父様のことも、信じてたのに……っ‼　花好きの優しい人との結婚だって信じてたのに、よりにもよって軍人だなんて‼」

「……ビアンカ様。すべての軍人が、あのときの男のように横暴で、器の小さい人間ばかりではありません。むしろ、国を守ろうという高い志を持った者のほうが多いのです。あの残念な軍隊長と一緒にされては、世の軍人たちが不名誉で泣くでしょう」

アンナの言うことは、もっともだ。女にフラれたくらいで遠征に来ていた隣国の庭園の花壇を踏み荒らすなど……普通なら、あり得ない。

「だからどうか、あのことはお忘れください。もう、八年も前の話です」

「わ、わかってる……っ。アンナの言うことも全部わかるけど……。私はお父様とアンナに騙されたことが一番悲しいの！　ふたりのことを信じてたから！　うわーんっ」

ビアンカの言うことも、一理あった。さすがにここまで泣かれると、共犯者であるアンナの胸も痛む。

「ハァ……わかりました」

アンナは心の中で国王に謝りながらも、観念したようにひとつ、ため息をついた。

「これ以上、ビアンカ様に嘘をつきたくはないので、私からすべてをお話しさせていただきます」

「すべてを、話す……？」

ベッドから顔を上げ、ビアンカはしゃがみ込んだままアンナへと振り返った。

「私の知るルーカス様に関わることすべて、です。国境を越えて伝わってきていた――セントリューズ王立騎士団、騎士団長ルーカス・スチュアート様の、すべてを」

ゆっくりと、「覚悟はよいか」とでも言いたげな口調で紡がれた言葉に、ビアンカは思わずゴクリと喉を鳴らした。

ルーカスの、正体。騎士団長を務めているということ以外に、まだなにか大きな隠しごとでもあるというのか。

「ビアンカ様の夫となられたルーカス様は、他国にもその名が轟くほどの剣の使い手であると聞きます。過去には引き連れた小隊で、敵の大隊を撃滅させたほどの戦でも、いっさい手傷を負わずに帰還されたことがあるとか」

「戦で、いっさいの手傷を負わずに……？」

そういえばオリヴァーも、ルーカスの剣の腕はこの国一だと言っていた。

今のアンナの話だと、この国一どころか、大陸一の可能性も否定できない。

「ルーカス様は、この国の英雄だとも言われております。国の危機を救う、軍神であると民衆から熱い支持を得ているとか」

「英雄に軍神……」

その上、ずいぶんな名声まで上げているようだ。英雄も軍神も、軍人からすればとても名誉ある称号だろう。

「けれど、ルーカス様の名が他国に轟いている一番の理由はほかにあるのです。ルーカス様……いえ、ルーカス様の率いる王立騎士団は、〝冷酷無情〟であると有名で、他国の軍からは大変に恐れられております」

「冷酷、無情……？」

「はい。彼らの通った後には、草の根ひとつ残らないとか。攻め入った国の城下町に火を放って焼き払う、命乞いをする敵国の王族を谷底へと突き落とす、抵抗するものは誰であろうと容赦なく手討ちにする……」

声を潜めたアンナは、先ほど自分が言った『すべての軍人が、あのときの男のように横暴で、器の小さい人間ばかりではない』という言葉をすっかり忘れているらしい。

「どれもこの目で見たことではないので真実かどうか定かではありませんが、〝抵抗するものは容赦なく手討ちにする〟というのは、婚儀の前の話だと真実みたいですね」

――目眩《めまい》がした。

「冷酷無情な王立騎士団。それを統率しているのがセントリューズ王国第二王子、ルーカス・スチュアート様でありビアンカ様の夫となった男性です」

キッパリと言いきったアンナを前に、ビアンカは自分の額に手をあててうなだれた。

アンナの言う通り、すべての軍人が、昔、大切な花壇を踏み荒らしたような人間ばかりではないことも、今のビアンカは重々理解していた。

けれど、これは……どう、解釈したらよいのかわからない。

ルーカス率いる王立騎士団に、そんな黒い噂がまとわりついているなんて。

花好きの優しい青年なんて、とんでもない。花を愛《め》でるどころか街ごと焼き払うような、容赦のない男だとは。

花壇など、今までいくつ踏み荒らしてきたのか、見当もつかないことだろう。

「そして、ルーカス様率いる王立騎士団は、一般的にはある俗称で呼ばれています」

「ある、俗称……?」

「はい。王立騎士団改め——〝黒翼《こくよく》の騎士団〟と」

黒翼……。まさか、悪魔にでも例えているというのか。

「黒翼が意味するのは、〝鴉《からす》〟です。嫌われ者の黒い鳥。彼らが現れると不吉なことが起きると、大陸内ではまことしやかにささやかれています」

そこまで言うとアンナは、どこか遠くを見るように目を細めた。

冷酷無情な——黒翼の騎士団。

アンナは精いっぱいオブラートに包んでいたけれど、つまるところその騎士団の長を務めるルーカスは、誰よりも冷酷無情な男であるということだろう。

昼間見た、黒い軍服に身を包んだルーカスの姿を思い浮かべた。

黒曜石のような瞳に艶やかな黒髪。思わずゾッとするほど美しいいでたちだった。

まるで血の通っていないような、芸術品のような容姿をした人。

いっさいの感情も読み取れないルーカスの表情からは、温かみの欠片《かけら》も感じられなかった。

「ルーカス様が冷酷な人間であることは、大陸にいる王家の者なら誰でも知っている有名な話です」

「それなら、どうして私は、その有名な話を今の今まで知らなかったの……？」

「それは、ビアンカ様が噂話に興味がないからでしょう。噂話というのは基本的に、悪意を込めてささやかれるものです。それに興味がないというのは、世間知らずで、マイペースでいらっしゃるからかと。でも、そういうところがビアンカ様の大きな魅力のひとつなのですよ」

「ハァ……」

褒められているのか、けなされているのか、ビアンカにはもう判断がつかなかった。

けれど間違いなく今聞いた話は、先ほど自分の夫となった男の話なのだ。

「それに、ルーカス様にはもうひとつ、ある噂が……」

「え？」

「いえ……なんでもありません」

ぽつり、と。なにかを言いかけたアンナは、小さく首を左右に振った。

その様子にビアンカは一瞬、首をかしげたけれど、すぐにアンナはコホン！と咳払いをして姿勢を正した。

「以上が、私の知るルーカス様の正体です」

キッパリと言いきって、アンナは真っすぐにビアンカを見つめた。

たしかに、今の話をあらかじめ聞かされていたら、ビアンカはこの結婚に乗り気にはなれなかっただろう。

だからこそアンナも父も、ビアンカには真実を告げずにいたのだ。

ビアンカのトラウマがどうこうなど、比べものにならないほど小さな話だ。

黒翼の騎士団長。誰もが認める冷酷な男と温かい家庭を築こうだなんて、それこそ夢のまた夢に違いない。

「と、いうわけで。ビアンカ様、私はこれで失礼いたしますね」

「えっ⁉」

「今日は、これから大切な初夜を迎えられるのですから。夫であるルーカス様がいらっしゃる前に、邪魔者は退散しないと」

ビアンカは心の整理がつきそうになかった。それなのに、アンナはさっさと部屋から出ていこうとする。

「ちょ……っ、ちょっと待ってよ、アンナ……っ！」

「ご健闘を、お祈りしております」

ベッドから離れ、慌てて手を伸ばしたビアンカを無視して、アンナは扉の向こうへと消えていった。

ひとり、取り残されたビアンカの背中には、嫌な汗が伝う。

たった今、アンナに言われた通り……今日はルーカスとの、大切な大切な、〝初夜〟だ。

この部屋に案内される前、女官たちは浴室でやけに張りきり、ビアンカの体を磨いていた。

そっと振り向けば、つい先ほど自分が打ちひしがれたばかりの、天蓋付きの大きなベッドがある。

綺麗にベッドメイクされたシーツは、ビアンカが突っ伏した場所以外はシワひとつなく伸ばされていて、〝いかにも〟な雰囲気が漂っていた。

ベッド脇にはキャンドルが灯されている。窓の外で揺らめく夕陽が完全に沈んでしまえば、月明かりとキャンドルライトだけが頼りになるだろう。

（ああ、ここで私は今から、彼に抱かれるんだ……）

ルーカスとの夜を意識した途端、心臓が早鐘を打つように高鳴りだした。

もちろん、覚悟はしていたつもりだった。

むしろ、こうなることは当然だと思っていたし、結婚して元気な子を産むことが、妻としての大切な仕事であることも……頭では、理解していたのだけれど。

「わ、私はいったい、どうすれば……」

頭ではわかっていても、ルーカスの真実を聞かされた今とそれ以前では、心持ちが違う。

優しい青年に抱かれるのと冷酷無情な男に抱かれるのでは、結果は同じでも、そこまでの過程に差がありすぎる。

揚げ句の果てには冷酷無情という上に、〝苦手な軍人〟というオマケまでついてくるのだから心許ない。

「――っ‼」

どれくらい、その場に立ちすくんでいたのだろう。

不意に扉が叩かれて、ビアンカは大きく肩をこわばらせた。

視線の先には重厚な木の扉がある。その向こうには、ルーカスがいるに違いない。

今すぐ扉を開けて、彼を迎え入れるべきなのか。

それともベッドの上に腰掛けて、彼が入ってくるのをじっと待つべきなのか……ビアンカにはわからなかった。

「……‼」

と、そんなふうに考えあぐねているうちに、目の前の扉がゆっくりと開かれた。

ふわりと、風に揺れるキャンドルの灯火。

一瞬消えかけて、すんでのところで持ちこたえたそれは、ゆらゆらと怪しげな影をつくった。

「……なぜ、そんなところで立ちすくんでいる」

扉の向こうから現れたルーカスは、感情の読めない瞳を真っすぐに、ビアンカへと向けていた。

鷹のような目にかかる、艶のある黒髪。

すっかりと夜に染まった室内で、昼間見た黒の軍服のコートだけを脱いだ彼が、窓から差す月明かりに照らされていた。

スラリとした体は服の上からでもわかるほど、引き締まっている。

黒曜石を思わせる黒い瞳に射抜かれて、ビアンカは金縛りにあったようにその場から動けなくなった。

(本当に……この世のものとは思えないほど、綺麗な人)

ビアンカは、ただただ、ルーカスの美しさに見とれていた。

「いつまでそこに、突っ立っているつもりだ」

けれど、どんなに人並みはずれた美しい容姿をしていても、彼がビアンカの苦手な軍人だということには変わりない。

その上、誰もが恐れる冷酷無情な男で……黒翼の騎士団の騎士団長様。

「……なぜ、俺の顔をジロジロと眺めている」

「え……」

「見たところで、現実はなにも変わらないぞ」

言いながらルーカスは、腕にかけていた軍服のコートをカウチソファへと投げ置いた。

そのまま扉横の壁に背を預けた彼は、ビアンカの真意を探るように胸の前で腕を組む。

「今さら後悔しても、もう遅い。お前が俺の妻になったという事実は、もう二度と覆らないのだからな」

嘲笑を含んだ声で言い渡された言葉に、ビアンカの心臓がドクリと不穏に高鳴った。

（……今さら、後悔しても遅いですって？　こっちはあなたの正体を、先ほど知らされたばかりなのに！）

「俺から逃げようと思っても、逃げられはしない」

まるで脅迫するような物言いに、ビアンカの背中に冷たい汗が伝った。

いつも、こんなふうに敵の兵士や軍人を、追いつめ、脅して……制裁しているのだろうか。

相手が自分に楯突こうものなら簡単に斬り捨てるのだろう。

そう思わせるには十分なほど、ルーカスの声は冷たく迷いのない声だった。

「それで、いつまでそうしているつもりだ」

思わずビクリと、ビアンカの肩が揺れる。

「そんなところにいつまでも突っ立っていたら、体が冷えてしまうだろう」

「……え」

「ただでさえ、肌が透けて見える格好をしているというのに、少しは自分を気にしたらどうだ」

けれど、次の瞬間、視線だけで体をなでたルーカスの言葉に、ビアンカは思わず顔を赤く染めた。

「……っ」

たしかに、季節は春といっても夜は冷える。

それでも今日、こんなに布の薄いネグリジェを着せられたことには理由があった。

もちろんそれは、この後ルーカスに脱がされることを想定した上での、女官たちの気遣いだ。

「あ、あの……」

「これを、肩にかけていろ」

「え?」

「少しは、マシになるだろう」

そのとき、ビアンカに向かって薄手のストールが投げられた。

ビアンカが危なげなくそれをキャッチしたのを確認してから、ルーカスは静かに視線をはずす。

今、彼は間違いなく、扉横のサイドテーブルに置かれていたストールを投げた。

（わ、私が寒いと思って……？）

ビアンカは思わず手の中のストールとルーカスを交互に見たが、相変わらず感情の読めない彼は、視線を斜め下に落して眉根を寄せている。

「早く、肩にかけろ」

大層、ぶっきらぼうな物言いだ。だけど、もしかしてルーカスは思ったよりも優しい人なのかもしれない……と、ビアンカは思わずにいられなかった。

「あ、あの……ありがとうございま――」

「……昼間の、山賊の残党を始末するのに少々手間取ってしまってな」

「え？」

けれど、再び顔を上げたルーカスは、艶やかな黒髪をかき上げ息を吐いた。

唐突な言葉にビアンカは目を見張り、彼の言葉の続きを待つ。

「捕らえた残党を拷問にかけ、奴らのねぐらを探してあてたのはいいが……そこに、小さな子どもたちがいて」

「……っ！」

「ねぐらを焼き払うのに少々時間がかかって、ここに来るのが遅れてしまった」

忌々《いまいま》しそうに言い放ったルーカスの言葉に、ビアンカは返す言葉を失った。

たった今、もしかしたらルーカスは優しい人なのかもしれない……などと、そんなことを思ったのに一瞬で覆された。

「面倒な後処理だけは、部下に一任してきたところだ」

つい先ほど、アンナから聞かされたことはなにもかもが真実だったのだ。

ビアンカは自分の目と耳で確かめるまでは、噂だけを信じるつもりはなかった。

いくら相手が、自分の苦手な軍人という道を歩んでいるとしても、心の片隅ではまだ、過去に出会った少年ルーカスの面影を探していた――。

『ルーカス様が冷酷な人間であることは、大陸にいる王家の者なら誰でも知っている有名な話です』

ルーカスが黒翼の騎士団を率いる、冷酷無情な男であることは、たった今、肯定されてしまった。

それも本人の口から。騎士団長であるルーカス自身の口から、黒い噂は真実であると告げられたのだ。

「ねぐらから引き上げた後、真っすぐにここまで来たのだが、それでもこんな時間に――」

「ひ、ひどい……」

ぽつりと声をこぼすと、ルーカスが不思議そうに首をかしげる。

「うん?」

「ち、小さな子どもがいるねぐらを、焼き払うなんて……‼ 相手はいくら山賊でも、そんなのひどすぎる……っ‼」

気がつくとビアンカは、ルーカスに向かって叫んでいた。

目には涙が滲んで、息が弾む。

夫の職務に妻が口を出すなど言語道断だ。

それでもどうしても、ビアンカは自分を抑えることができなかった。

「……待て。ひどいとは、どういうことだ」

「どういうこと……? そんなことも、わからないの? 自分のしたことが、どれだけ罪深いことか……」

ビアンカの言葉に、ルーカスがあからさまに眉根を寄せた。

訝しげに細められた目に一瞬怯みそうになったけれど、ビアンカは恐怖を精いっぱい押し込めて、ルーカスへと詰め寄った。

「親が山賊だからって、その子どもたちに罪はないでしょう⁉ 子どもたちがなにか、命を断たれても仕方がないと言えるような悪いことでもしたの⁉」

たった今、ルーカスに渡されたばかりのストールが足もとへとすべり落ちる。

「むしろ、国民が山賊やらなきゃ食べていけないような国をつくった、あなたやオリヴァー国王、ついでに先代国王こそ罪深いわ！」

相変わらず自分を真っすぐに見下ろすルーカスを、ビアンカはこれでもかというほど睨み上げた。

自分が今なにを言っているのか、怒りで我を失ったビアンカはわかっていない。

「そんな国づくりしかできないから、山賊が街で暴れたりするのよ！　よくそれで、この国一の剣の使い手とか言えるわね⁉　いくら剣を使うのがうまくってもね、簡単に人の心を斬れるような人は、本当の意味での英雄になんかなれないんだから！」

ビアンカは、ルーカスを前にしても臆さなかった。

「あなたなんてね、私が本気を出したら簡単に倒せちゃう、チョチョイのチョイよ！」

そしてルーカスもまた、そんなビアンカを前に姿勢を正して、ただ、ビアンカの話を聞いていた。

「ちょっと剣術の鍛錬を積めば、すぐに私が、この国一の剣の使い手になってやるんだから！」

けれど、そこまで言い放ったところで、今度はビアンカが押し黙る。

「……っ、く。変わらないな」

――ルーカスが、笑った。

笑顔など、想像もできなかった彼の表情が華やいだのだ。

「そういう、王女らしくないところ。いい意味で、変わってない」

「え……っ」

ルーカスの笑顔を見た直後、ふわりと、ビアンカの体が宙に浮いた。

「な、なんなの……!?」

慌てて手足を動かしてみるも、力強い腕はビアンカに抵抗を許さない。

「……変わっていなくて、安心した」

「な、なに、言って……」

「数年前……お前が軍隊長を蹴り上げたときは、痛快だった」

思いもよらない言葉に、ビアンカは目を丸くして固まった。

軍隊長を蹴り上げたときとは、ビアンカの大切な花壇が踏み荒らされたときのことを言っているのか。

「ど、どうして、あなたがそのことを……」

ビアンカが尋ねると、ルーカスはおもしろそうに目を細める。

「あのとき、俺はセントリューズ王立騎士団が派遣する少年密偵として、あの軍隊長の率いる軍隊に潜入していた。たった、三日間の話だがな。その三日間の間に、運よくお前の祖国への遠征があったというわけだ」

そう言うルーカスにビアンカはしっかりと抱きかかえられ、逞しい体に引き寄せられていた。

かくいうビアンカは驚きで声も忘れて、愕然とするしかない。

（まさか……あの場面をルーカスに見られていたなんて……）

穴があったら今すぐにでも飛び込みたい。顔を真っ赤にしたまま黙り込むビアンカを前に、ルーカスは察したように小さく笑った。

「気に病むな。お前の蹴りがあと数秒でも遅ければ、俺が奴を斬り捨てていた」

「え……？」

「お前が望むなら、今すぐにでも奴を大陸内から探し出し、地下深くの牢にぶち込んでやってもいい」

物騒なことを平然と言いながら、ゆっくりと歩きだしたルーカスは慈しむようにビアンカをベッドの上へと下ろした。

あまりのギャップにビアンカが固まっていると、ルーカスは再びおもしろそうに目を細める。

「お前が望むことはすべて、俺の手で叶えてやりたい」

やわらかなシーツの感触を背中に感じながら、ビアンカは彼から目を逸らすことができなかった。

たった今の今まで彼に対して怒り、声を荒らげていたのに——もうどこにも、その勢いは残っていない。

「……やっと、俺の手の中に迎えることができた」

耳もとでささやくように言われて、ビアンカの体が小さく跳ねる。

「ずっと……お前をこの手に抱きたいと、思っていた」

——今、目の前にいる男は本当に、ルーカスなのだろうか。

冷酷無情、黒翼の騎士団長。誰もが恐れるルーカス・スチュアート本人なのかと疑いたくなるほど、今、ビアンカを見つめる彼の目は、優しいのだ。

「婚儀のときに、気持ちを抑え込むことは難儀だった」

熱く、たぎるような熱のこもった瞳。黒髪がサラリと揺れて、彼のまとう薔薇の香りが鼻先をかすめる。

「それと……一応、反論しておくが」

「え……？」

「たしかに、俺は山賊のねぐらを焼き払ったが、中にいた子どもたちは殺していない」

予想もしなかった言葉に、今度こそ息が止まる。

「子どもたちは今頃、街の修道院に送られているだろう。部下にそう指示を残してきたからな。さすがの俺たちも……無闇に女子どもを殺すような神に背く行為はしない」

フッと口角を上げて笑ったルーカスに、不覚にも一瞬、見とれてしまった。

「本気を出したら、俺なんて簡単に倒せる……だったか？」

からかうように言いながら、ルーカスの指がビアンカのネグリジェの裾を焦《じ》らすように、たくし上げた。

「ついでに、この国一の剣の使い手になるつもりらしいな？」

ゆっくりと、肌の感触を楽しむように動く指先は、ビアンカのすべらかな肌を何度もなぞる。

思わず身を硬くしてまぶたを閉じると、ふとももをなでていた手がピタリと止まった。

「……どうしてかな。お前の言葉だけは俺の心に真っすぐに、突き刺さる」

「え……」

「ビアンカだけが……俺の心を、揺さぶるんだ」

はじめて口にされた名前は、真綿に包まれたような優しい声色だった。

思わず、幼い日の記憶がよみがえってくるような、はじめてルーカスと出会った日のことを思い出させるような、優しく、穏やかな声だった。

「ビアンカは、剣の鍛錬をする必要はない。お前のことだけは、なにがあっても俺が守る」

遠い日に想いを馳せていたビアンカを現実へと呼び戻したのは、ルーカスの力強い声だ。

絡み合う視線と視線。ルーカスの指先が、ビアンカの頬を優しくなでる。

「ん……っ」

妖艶な手つきに体が震えて、目には涙が滲んだ。

「お前は、安心して俺の腕の中にいろ」

(……どうして。どうして、そんなことを言うの？)

力強く、優しい彼の言葉に、ビアンカはただただ、困惑するしかなかった。

「……っ!?」

けれど、そんなビアンカの思いなど露知らず。唐突に、ルーカスの唇がビアンカの首もとへと落とされた。

ゆっくり、ゆっくりと。愛おしむように触れる熱い唇はビアンカの胸もとで止まると、そこにチクリと、甘く痺れる痛みを残す。

「……ほかの男には、指一本、触れさせはしない」

「……あ、っ」

甘く、とろけるような台詞を耳もとでささやかれ、ビアンカの体は血液が沸騰したかのように熱を持った。

自分を真っすぐに見下ろす濡れた瞳は美しく、キャンドルの淡い光を映して、ゆらゆらと揺れている。

ルーカスに触れられたところすべてが……燃えるように、熱い。

あらわになった肌を優しくなでられるたび、体は正直に震え、こわばった。

「……怖いか?」

「……っ」

(──怖い。怖くて怖くて、たまらない)

そう、正直に伝えられたらどれだけよいか。

彼に触れられるたびに自分が自分ではなくなっていくように感じて、どうすればよいのかわからなくなった。

「ビアンカ……」

再び名前を呼ばれても、体をこわばらせているビアンカの耳には届かない。

それでも今、ビアンカはルーカスを拒否することはできないのだ。

彼と肌を重ねることも、妻としての大事な役目なのだから。

それを確認するように、ビアンカの体に触れるルーカスの指先は、間違いなくこの後に起こることを予見させた。

全部、頭ではわかっている。それでもどうしても、ビアンカの心が彼の熱についていってはくれないのだ。

もちろん今まで、異性と肌を触れ合わせたことなどない。

これからなにが起こるのかも――十七になったばかりのビアンカは、ぼんやりとしか知らなかった。

夜のことは、男に身を任せていればよい。女は余計なことは考えず、ただ身を委ねればよいのだ。

それだけを信じて今日を迎えたビアンカにとって、この先に起こることは恐怖でしかなかった。

自然と閉じたまぶたには力が入り、シーツを掴む手が震える。

心臓はバクバクと高鳴っていて、自分を組み敷くルーカスには聞こえてしまっているかもしれないとさらに怯えた。

「……ビアンカ」

「……っ‼」

甘く、痺れるような艶のある声で再び名前を呼ばれて、体がビクリと震え上がった。

いつの間にかビアンカの頭の中は、粗相をしてはいけないと、その思いでいっぱいになっていた。

「ビアンカ、目を開けろ」

知らぬ間に、シーツを掴む指先が震えていた。

「そんなに強くシーツを掴んだら、爪が折れてしまう」

それでも全身の力を抜く方法すら、今のビアンカにはわからなかった。

「お前が怖いのなら……今日はやめよう」

「……え？」

思いもよらない言葉に、ビアンカは閉じていたまぶたを開ける。

「怖がるお前を抱いても、なんの意味もない。俺はこんなふうに無理矢理、お前を抱きたいわけではない」

突然、そんなことを言ったルーカスは、震えるビアンカの額に触れるだけのキスをした。

その優しい口づけに、こわばっていた体からゆっくりと力が抜けていく。

「やっと……俺を見たな」

「ルーカス、様……？」

視線の先には相変わらず、ビアンカを愛おしげに見つめるルーカスの黒い瞳がある。

月明かりを浴びた彼を前にビアンカの胸は甘く高鳴って、息をするのも苦しくなった。

「ルーカスでいい」

「え……」

「夫婦になったのだから、変な気を使う必要はない。それに俺自身が、お前にはそう呼んでほしいと思っている」

「でも……」

「お前は、言う通りに俺の名を呼べばいい。……命令だ。おとなしく、俺に従え」

——命令。言い渡された命令に、ビアンカの胸は再び甘く高鳴ってしまう。

(ルーカス様……ルーカス。本当に彼の言う通り、そう呼んでもいいのかな？)

「あ、あの……」

「……大丈夫だ」

「え……？」

「今日は、このまま眠ろう。抱きしめ合って寝るだけでも、十分だ」

フッと、やわらかに微笑んだルーカスは、そのまま、「着替えてくる」とだけ告げて、ドレッシングルームへと姿を消した。

その背中を追いかけるように体を起こすと、ギシリとベッドのスプリングが小さくうなる。

ふと、夜に染まった窓に自身の姿が映り込んで、ビアンカは思わず固まった。

肩紐の落ちたネグリジェと、ほんの少し、乱れた髪。

『ほかの男には、指一本、触れさせはしない』

耳に残るのは、耳もとで甘くささやかれた、愛の告白にも似た彼の言葉——。

(あれはいったい、どういうつもりで口にしたんだろう……)

ビアンカとルーカスの結婚は、国と国を繋ぐための政略的なものに違いない。

それなのにどうしてルーカスは、自分を慕っているかのような言葉を口にしたのか、ビアンカはわからなかった。

「……っ‼」

そのとき、ビアンカは自分の体を見て固まった。胸もとに、綺麗な赤い花が咲いていたのだ。

それはまるで、ルーカスとはじめて会ったときに見た、あの赤い薔薇の花弁のようで、声に詰まる。

「どう、して……?」

(ルーカスはいったい、なにを考えているの?)

胸もとに咲くのは執着の花。

ビアンカが自分のものであると誇示する、キスマークだ。

体にはいまだ、彼から与えられた甘い熱が残っている。

ベッドサイドでゆらゆらと揺れる、キャンドルの淡い灯火。

ビアンカは乱れたネグリジェを胸もとまで引き上げると、赤く染まった頬を隠すように自身の膝の中へと顔を埋めた。

甘く溺れるキスは執務室で

「ん……っ」

ルーカスとはじめての夜を過ごした翌朝。目が覚めると隣で眠っていたはずのルーカスの姿は消えていた。

ビアンカは慌ててベッドから体を起こし、辺りを見回してみたが彼の姿は見あたらない。

（……なんだか、不思議）

まるで、昨日起きた出来事がすべて夢のようだとビアンカは思った。けれど、その夢のような出来事はすべて、紛れもない現実である。自分はルーカスのもとへと嫁ぎ、妻となったのだと思うと、今さら胸がドキドキと高鳴って苦しくなった。

「……!!」

自分の着ているネグリジェの胸もとを掴んだとき、ビアンカは体に起きた、ある小さな異変に気がついた。

ゆっくりと、胸もとへと落とした視線の先。そこには昨夜ルーカスが残した赤い花が咲いていて、必然的に頬が赤く染まる。

思い出すのは——ルーカスとはじめて過ごした、昨夜のこと。

昨日はあの後本当に、ルーカスはビアンカを抱きしめて眠りについた。

軍服を脱ぎ、夜着に着替えたルーカスはベッドに戻ると宣言通り、ビアンカを腕の中へと閉じ込めたのだ。

「これからは、毎日、俺の腕の中で眠れ」

逞しい腕と、筋肉質な体。彼の体はとても熱くて、ささやかれた言葉は甘かった。

ルーカスが、すぐに眠ったかどうかはわからない。

うしろから抱きしめられていたビアンカは彼の寝顔を見ることはできなかったし、身動きひとつ取ることも叶わなかった。

生まれてはじめて、異性の腕に包まれて過ごす夜。

緊張して、とても眠れそうもない……と思ったのは最初だけで、長旅と婚儀で疲れきっていたビアンカは、知らぬ間に眠りの世界へと落ちていた。

逞しく、温かい腕の中。不思議と夢も見ず、朝、目が覚めるまでぐっすりと眠った。

そのせい、なのだろうか。ルーカスのいなくなったベッドは……なんとなく、寂しくて落ちつかない。

「――ビアンカ様、お目覚めになられましたでしょうか？」

そのとき、タイミングよく扉が叩かれた。声の主は侍女のアンナだ。

ビアンカが「入って」と返事をすると、ゆっくりと扉が開く。

「おはようございます。ご気分は、いかがですか？」

言いながら、アンナがティーワゴンを押して部屋の中に入ってくる。

アンナの押すワゴンにはビアンカの好きなアーリー・モーニングティーが用意されていて、思わず胸が安心感に包まれた。

宙を舞う甘い香りの正体は、ビアンカの大好物である濃いめのミルクティーだろう。

「顔色は、よろしいみたいですね」

「え？」

「昨夜はルーカス様と、最悪、喧嘩でもして部屋を飛び出してくるのではないかと心配していたのですが……案外、大丈夫そうでホッとしました」

そう言ったアンナの視線が一瞬、ビアンカの胸もとへと落ちた。

昨夜、ルーカスが残した赤い花。アンナは今、絶対に、それを見てなにかを悟った気でいるのだ。

「ち、ちが……っ、これはっ」

再び、ビアンカの頬が赤く染まる。

「ああ、申し訳ありません、ついつい」

恥じらうビアンカを見て、アンナはからかうように、ニヤリと笑った。

「ビアンカ様が大人になられたかと思うと、アンナはうれしくてうれしくて、感慨深くて」

「だ、だから……っ」

「慣れないことで、今は、お体もおつらいかと思います。それでも回数を重ねれば、自然と体が順応していくものですから大丈夫ですよ」

「だから……っ、違うんだってば……!!」

思わず叫んで、ビアンカは慌ててシーツを自身の体に巻きつけた。

アンナは今、絶対に、ビアンカとルーカスが昨夜、男女の仲になったのだと勘違いしている。

「なにも隠すことではないじゃないですか。夫婦になったのだから、当然のことですよ」

「だ、だから……っ」

「むしろ、ガンガン……ああ、失礼。どんどん、やっていただかないと。おふたりとも、お若いのですから、それはもう、ひと晩で何度でも」

小鳥のさえずる爽やかな朝。

ティーカップにミルクティーを注ぎながら交わされている会話とは、とてもじゃないが思えない。

「ルーカス様はお体もお強そうですし、ビアンカ様もお付き合いするのは大変かもしれません。ですが、今言いました通り、そのうち、体も慣れてくるはずです」

「シテないの……‼」

今度こそ、ビアンカは声を荒らげた。あまりの必死な様子にアンナが動きを止めてビアンカを見る。

「は……？」

「だ、だからっ。昨日は、その……ルーカスとは、そういうことはしてなくて。ただ、一緒のベッドで寝ただけなの。朝起きたらルーカスはいなくなっていたし、だから私たちは、まだなにも……」

「ハァ……ッ⁉」

ビアンカがすべてを言い終えるより先に、アンナが吠えた。

突然、アンナの手から乱暴に下ろされたティーカップが、カチャン！と危なげな音を立てる。

「ア、アンナ……?」

思わずビクリと体を震わせたビアンカを前に、アンナは目を三角につり上げている。

そのままツカツカとベッドまで歩いてきたかと思えば固まるビアンカの前で足を止め、一度だけフンッ！と鼻を鳴らして両手をかざした。

「ちょっと、失礼」

「きゃあ!?」

そうして、有無を言わさずビアンカからシーツを剥ぎ取ると、入念にベッドの上をチェックする。

「どいてどいて」と言われ、ビアンカは座っていた場所まで移動させられて、ずいぶんな扱いだ。

「……月の障りに入られたわけではないですね」

アンナの言う月の障りとは、月に一度ある、女性特有の事情のこと。

そうなったときはあらかじめ侍女が夫であるルーカスに報告し、配慮を求めることになっていて、当然のことながらアンナもビアンカの事情には誰よりも詳しい。

「う、うん。アンナも知ってる通り、それはまだ、始まっていなくて……」

「それなら、なぜ⁉　まさか、ルーカス様になにか問題が⁉」

「ア、アンナ？」

まるで、この世の終わりだとでも言いたげに顔色を青くしたアンナを前に、ビアンカはゴクリと喉を鳴らした。

「ルーカス様側に問題があるなんて……まさか、そんな……そんなバカな……‼」

（——怖い。アンナが、怖い）

絶望と怒りを織り交ぜたような表情に、ビアンカは彼女にかける言葉を失った。

「マムシか、スッポンか……ああ、女性であればショコラは人気の精力剤ですね……。でもやっぱり、子宝を願うなら蜂蜜か……」

フラリ、体を揺らしたアンナはそのままもとの場所へと戻ると、ティーワゴンの上のミルクティーを静かにあおる。

それ、私のミルクティー……とは、とてもじゃないがビアンカが口にできる状況ではなかった。

「闇市で、とんでもない精力剤を仕入れるしかないかしら……」

精力剤……。アンナは今度こそ、とんでもない勘違いをしている。

その上、ビアンカが昨夜ルーカスにぶつけた失言よりも、ひどい失言を、今——。

「あ、あのね、アンナ。ルーカスに問題があるとかじゃなくて、その……」

「ああ、ビアンカ様。大丈夫ですよ……私もなにか、対策を考えますから」

対策。いったい、どんな対策を考えるつもりだ。

フフッと妖しい笑みをこぼしたアンナがとにかく不気味すぎて、早く誤解を解かなければとビアンカの背中には冷や汗が伝った。

「ビアンカ様には、なんの非もないのですから」

「う、うーん。むしろルーカスと昨夜、そういうことにならなかったのは……私のせい、というか」

「……はい？」

ビアンカの言葉に、アンナがピタリと動きを止める。

「え、と。私のせいで、昨日は、そういうことにならなかったの」

言いながら、ぼんやりと、ビアンカは昨夜のやり取りを頭の中に思い浮かべた。

自分をやすやすと抱え上げた、逞しい腕。

ビアンカを愛おしむように体に触れた指先は、優しく、とても丁寧だった。

耳もとでささやかれた甘い言葉と――抱きしめ合ったときに感じた彼のぬくもりは、今も体に残っている。

朝、目覚めたときに彼の姿がなくて寂しさを感じたことも、ビアンカにとってはすべてがはじめての経験で、黒い噂のまとわりついたルーカスがその相手であるとは今でもどこか、信じられなかった。

「あのね……昨日は私が怖くなっちゃって。そしたらルーカスが、無理をしなくていいと言ってくれて、結局なにもせずに眠ったの」

思い出したら恥ずかしくなって、ビアンカはベッドの上で膝を抱えた。

冷酷無情、無愛想で、笑顔など絶対に見せない男だと思っていた。その上、ビアンカが苦手な軍人でもある。

なにを考えているのかもわからなくて、ビアンカはルーカスとの未来に不安しかなかったのだ。

だけど、今は――ほんの少し、彼に対する印象が変わった。

ルーカスは昔と変わらず、本当は優しい人なのではないか……なんて、ビアンカは淡い期待さえ抱いている。

「ルーカスはたぶん、みんなが思っているほど、冷酷な人じゃない……と、思うの」

山賊の子どもたちは修道院へ連れていき、夜の営みをビアンカに強要もしなかった。

「もしかしてルーカスは、本当は優しい人だなんてこと――」

「ハァ……そんなこと、あるわけないじゃありませんか」

「え？」

重々しく吐き出されたため息に、ビアンカはピタリと動きを止めてアンナを見た。

「嘘をつくのなら、もう少し信憑性のあるものにしてください。あのルーカス様が、〝無理をしなくていい〟などと、相手を気遣うようなことを言うはずがないでしょう。昨日もお話しした通り、あの黒翼の騎士団の、騎士団長を務めているお方ですよ？」

ビアンカの言葉をキッパリと否定したアンナは、ヤレヤレと首を横に振った。

「で、でも、たしかに――」

「おおかた、怖がるビアンカ様がずいぶんと子どもに見えて、手を出す気が失せてしまったのでは？」

「え……」

「実際、ビアンカ様には少々色気が足りないですし、仕方のないことだとも思います」

あきれたように息を吐き、肩をすくめたアンナの言葉に、ビアンカは雷に打たれたような衝撃を受けた。

（わ、私に、色気が……足りない？）

まさか、そんな。たしかに、お色気たっぷりとは言えないけれど、一応女として十七年胸を張って生きてきた。

「男というものは、わかりやすい生き物ですから。異性と同じベッドに寝ていて手を出さないなんて、あり得ません」

「そんな……」

「なにか、心あたりはございませんか？　ルーカス様が思わず、手を出すことを躊躇してしまうような、心あたりは」

アンナの言葉に思い出したのは、昨夜のやり取りの一部だった。

ビアンカは山賊のねぐらを焼き払ったと言うルーカスに、ひどい剣幕で詰め寄り攻めたてた。

その上……ルーカスは幼い頃、ビアンカが隣国の軍隊長の股間を蹴り上げる場面を目撃していたという。

たとえ子どもの頃の話だとしても、自分の妻が男の股間を蹴り上げるような女だなんて、普通の男なら嫌だろう。

ああ、なんてこと……。せめて股間ではなく脛《すね》にしておくべきだった……と思っても、あとの祭りだ。

「ルーカス様は、ビアンカ様を女として見られないのかもしれません。薄着の女性を前になにもしないなんて、よほどのことです」

女としては、見られない。その言葉に、今度はズキリと胸が痛んだ。

昨夜、ルーカスはビアンカを大切に想ってくれているような言葉を何度も口にした。

しかし、その言葉はすべてまやかしだったのだろうかという不安が、ビアンカの心をよぎる。

駄々をこねる子どもをあやすのと同じで、女として見られないビアンカを適当に、あしらっただけなのか。

「……う、アンナの、バカぁ‼」

「あ……ビアンカ様！」

ビアンカはショックのあまりベッドから飛び下りると、ドレッシングルームの中へと駆け込んだ。

うしろ手で乱暴に扉を閉め、鏡台に手をつき、ひとり、静かに息を吐く。

(そんな……あんまりだわ‼)

目の前にある、大きな鏡に映るのは、まだ幼さの残る自分の顔だ。

母親譲りのブロンドの髪。緩くウェーブのかかった髪は胸下まで伸びていて、朝の光に透けていた。

白い肌は昔から父が綺麗だと褒めてはくれたけど、ほんのりとピンクに色づいた頬のせいで、どうしても子どもっぽく見えてしまう。

唇も、同じだ。とくにぽってりとしているわけではなく薄めで、子どもっぽい。大きな目。ヘーゼルに輝く瞳は、ルーカスの目にはどう映っていたのだろう。

――こんな女、抱く気にはなれない、ということなのか。

彼にそんなふうに思われていたのかと思うと、ビアンカは言いようのない羞恥心に胸が覆い尽くされて、先ほどまで浮かれていた自分を殴りつけたくなった。

「――ビアンカ様。今日はルーカス様の命令で、城内を案内してくださる方がいらっしゃるとのことです。それまでに準備をしなければなりませんので、なにとぞよろしくお願いいたします」

扉の向こうから、アンナのあっけらかんとした声がかけられた。

アンナのせいでビアンカの気分は最悪だというのに、当の本人は人の気も知らず気楽なものだ。

「どうか駄々をこねずに、早く出てきてくださいね。ミルクティーも冷めてしまいますから」

なにより肝心のルーカスは今、どこでなにをしているのか。

まさか、自分よりも色気のある大人の女性のところへ――などと、そんなことを考えたらビアンカの心は黒い雲に覆い尽くされて、なぜだか無性に泣きたくなった。

「大丈夫ですよ。ビアンカ様は、胸の大きさだけは十分ですから。これから、さらなる成長も見込めますし、元気を出して」

もはや、慰めにもならない、その場しのぎの言葉だった。

ふわりと、足もとを冷たい風が駆け抜ける。

（なんなの、本当に……）

もう返事をする気にもなれなかったビアンカは、ルーカスの顔を思い浮かべて、ひとり静かに唇を尖らせた。


「本日から団長より、ビアンカ様の護衛兼案内役を申しつけられました、ジェドと申します」

朝食をすませ、すべての支度を終えた頃、ビアンカの部屋の扉が叩かれた。

現れたのは昨日見た、ルーカスと同じ黒い軍服を着た青年だ。

年は二十二歳であるルーカスの少し上か、同じくらいか。

背の高さはルーカスと、ほとんど変わらない。

グレーがかったブロンドの髪とグリーンの瞳が印象的で、彼もまた顔立ちはよく、整っていた。

「忙しい団長に代わり、ビアンカ様の身をお守りいたします。なんなりと、お申しつけください」

胸に手をあて、うやうやしく頭を下げられたビアンカは返す言葉を失った。

――ルーカスに代わって、自分の身を守ってくれる人。

彼の言葉が本当なら、やはり、昨日の夜に言われた『俺がお前を守る』という言葉は嘘だったのだ。

「ビアンカ様?」

「……っ、ご、ごめんなさい。少し、ボーッとしてしまって」

自分を見て不思議そうに首をかしげたジェドを前に、ビアンカは慌てて続く言葉を探した。

「えぇと、あの……ジェド、さん? ジェドさんは、ルーカスと同じ黒翼の騎士だ――いえ、王立騎士団に所属しているの?」

わかりきったことを尋ねると、ジェドは誇らしげに「はい!」と元気な返事をくれた。

ルーカスよりも筋肉質で、大きな体。ガッシリとした体つきのわりに笑顔はかわいらしく、思わずビアンカの顔が綻んでしまう。

「ふふ……っ」

「ビアンカ様?」

「あ……すみません。騎士団の制服を着ているから、ジェドさんも怖い方なのかと思ったんですが、違うみたいで安心してしまって」

言いながらビアンカがジェドを見上げると、ジェドは一瞬、驚いたように目を見開いた。

吸い込まれるような、美しいヘーゼルの瞳。

ビアンカのあどけない笑顔はかわいらしく、いけないとはわかっていても、ジェドは高鳴る胸の鼓動を抑えきれなかった。

「ジェドさん?」

キョトンと首をかしげる仕草も、かわいらしい。

鈴の音のような声は透き通っていて、ジェドはいつまでも聞いていたいと思うほどだ。

「どうかされましたか?」

「いえ……っ、申し訳ありません！　団長の気持ちがわかってしまったというか、わかるからこそ団長に申し訳ないというか……」

　突然、うろたえだしたジェドを前に、ビアンカは再び首をかしげた。

　そんなビアンカから慌てて目を逸らしたジェドの耳は、ほんのりと赤く染まっている。

「きょ、今日は、ビアンカ様の行きたいところをすべて案内するようにと言われております！　王宮内はとても広いので、迷子になると危ないですから‼」

「は、はぁ……」

　やっぱり、厚手の軍服は着ていると暑いのだろうか。

　せめてコートだけでも脱いだら……と、ビアンカは思ったが、騎士団の中で厳しい規律でもあるのかもしれないと考え言葉をのみ込む。

「自分になんなりと、お申しつけください！」

　思わず背筋が伸びるような元気な声だ。

　ジェドの見た目と声のギャップがなんともかわいらしく、こんな軍人もいるのだと、ビアンカの顔に笑顔の花が咲く。

「ありがとうございます。それなら今日は……お言葉に甘えて少し、王宮内を案内してもらえますか？　小さい頃に来たことはあるんですけど、あの頃と違って、無茶な探検はできないから」

ビアンカがイタズラに言って微笑むと、ジェドは再び顔を赤くしながら「はい！」と元気にうなずいた。

その拍子に腰に下げたサーベルに刻まれた紋章が、日の光を反射してキラリと光る。

（……ルーカスは今、どこにいるのかしら。なんて、そんなことを考えてしまう自分が嫌になるわ）

「ビアンカ様？」

「あ……いえ、なんでもありません。今日は一日、どうぞよろしくお願いします」

ふわりと、風に揺れるドレスの裾。

ルーカスの綺麗な横顔を思い浮かべたビアンカは、それを振り払うように小さく首を左右に振った。

「ふぅ……わかっていたけど、本当に広いのね」

昨日婚儀を挙げた礼拝堂をはじめとして、図書室、食堂、大広間、客間——と、王宮内の様々な場所を見て回ったビアンカは、感嘆の声をこぼした。

どこもかしこもきらびやかで、目眩でも起こしそうなほど華やかな城だ。

飾られた絵画や壁画も立派なものばかりで、その都度足を止めていたら一日かかってもすべてを回りきれそうもない。

「小さな部屋も含めると、部屋数は三百を超えると聞きます」

「三百も……‼」

「はい。自分もすべてを把握しているわけではないので、正確な数はわからないのですが……王宮内には、王族の皆様しか入れない部屋もありますし、我々騎士団が守る必要のない屋根裏部屋などは、把握できておりません」

やわらかに微笑むジェドを前に、ビアンカは返す言葉を失った。

ビアンカが十七年住んでいた祖国の王宮も、もちろんずいぶん立派だった。

けれど、それでも部屋数はせいぜい、百を超えるか超えないかといったところだ。

子どもの頃は自分の住む宮殿を広すぎる家だと思っていたが、さすが、大陸一の国土を誇るセントリューズ。スケールが違う。

(外観を見ても大きさの差は歴然だったし、当然といえば当然なのかもしれないけれど……)

「ちなみに団長の執務室は、離れの時計塔の奥を上がったところにあります」

「時計塔の？」

ジェドの言葉に、ビアンカは思わず首をかしげた。

第二王子であり王立騎士団長ともなる人が、なぜ、そんなところに執務室を構えているのだろうと疑問に思う。

「時計塔の裏に、我々、王立騎士団の剣技場や馬小屋も置かれているのです。それとは別に、街の中心部にも騎士団の拠点を置いています」

「つまり拠点が、二箇所あるということ？」

「はい。ルーカス様が団長を務められるようになってから、変わったのです。常に軍の配備が的確かつ迅速に行えるよう配慮してくださって、ずいぶん、職務の効率も上がりました」

どこか誇らしげに言うジェドは、窓の向こうに見える時計塔を静かに見つめた。

（もしかして今、あそこにルーカスがいるのかな……）

冷酷無情な黒翼の騎士団。彼らを統率する、騎士団長が……。

「ルーカス様……団長は周りにもとても厳しいですが、自分には人一倍厳しいお方です」

「え？」

唐突に話を始めたジェドは、相変わらず真っすぐに時計塔を見つめている。

「団長が〝冷酷無情〟と言われるのも、否定はできません。ですが……冷酷だということが、必ずしも無情であるとは言えないのです」

そっと、細められた目。ジェドは一度だけ悔しそうに息を吐くと、言葉を続けた。

「団長は、とても芯の強い方です。自分の中に掲げた正義を、絶対に曲げません」

「正義……」

「〝我々騎士団は、国の要だ。国の平和を守るためならば、命を賭《と》して戦おう。常に最善を尽くし、最高の成果を上げることが使命だ〟……と」

背筋を伸ばし、力強い声で言葉を紡いだジェドの目には強く美しい光が宿っている。

「剣を抜く戦いの場では、当然、命のやり取りをしなければなりません。軍を統べる団長の肩には、我々部下の命の重みものります。一瞬の気の緩みや焦《あせ》りが、多くの命を失う要因になる。団長は第二王子というお立場でありながら、騎士団長に就任する以前より軍に一団員として身を置き、身をもってそれらを学んできた方です」

言いながらまつ毛を伏せたジェドは、どこか誇らしげに微笑んだ。

自分の夫が、冷酷無情な騎士団の騎士団長であること。それはどうやっても覆らない事実だが、一方で部下からはずいぶん、信頼されているらしい。

ジェドはたった今、『冷酷だということが、必ずしも無情であるとは言えない』と言った。

それはいったい、どういうことなのか。ビアンカは真意を知りたくて、隣に立つジェドを静かに見上げた。

「……あの、ジェドさん」

「はい」

「ぜひもっと、ルーカスの話を私に聞かせてくれませんか？」

「え？」

ビアンカからの突然の申し出に、ジェドは目を見開いて固まってしまう。

「私は……ルーカスに嫁いだ身でありながら、実は彼のことを、ほとんど知りません。知っているのは彼の名前と年齢と、肩書きくらいで……彼の中身に関しては、まったくと言っていいほど知らないんです」

自分で言っていて、よくこれで嫁いできたなとビアンカはあきれてしまった。

政略結婚であれば、相手のことをあまり知らないというのは決して珍しい話ではないだろう。

そうだとしても、ビアンカはルーカスに関して知らないことが多すぎる。なんと言っても騎士団長を務めていたことさえ、昨日聞かされたばかりなのだから。

「そう、ですね……団長の、ことですか?」

突然の申し出に、ジェドは少々戸惑っていた。

「はい。今、ジェドさんが話してくださったようなことでいいんです。彼の仕事に対する姿勢はもちろんですが、なにか彼にまつわるエピソードとか、それこそ小さなことでも、なんでも」

ビアンカがニッコリと微笑むと、ジェドは困ったように頬をかいた。

ジェドはどうやらビアンカの笑顔に弱いらしい。そのかわいらしい顔で見上げられると、つい、なんでも答えたくなってしまう。

「ええ、と。そうですね。団長の話……たとえば昨日の話、とかでもいいでしょうか?」

「昨日の話?」

「はい。昨日、おふたりの婚儀が執り行われる前の話です。朝方、街で山賊が暴れているという連絡が入り、我々が急遽、出動したときのことを……」

その話は昨日、国王であるオリヴァーから聞かされた話だった。

ルーカスは婚儀を控えている身でありながら、山賊を捕らえに現場へと赴いた。

ついでに言えば、ビアンカの出迎えも放棄した揚げ句、山賊の長を手討ちにして帰ってきた。

「団長は普段、ポーカーフェイスで絶対に感情を表に出さない方なのです。それなのに昨日の剣の振り方は……なにか、鬼気迫るものがありました」

「鬼気迫る……？」

「はい。それはもう、逃げようとする山賊たちを次々と捕らえて追いつめ、その華麗かついっさい無駄のない立ち回りといったら、一緒に出動した我々が援護することも躊躇するほどで……」

うっとりと、ルーカスをたたえるように言うジェドだが、ビアンカは背筋が凍る思いだった。

まさか、自分との婚儀の前にそれほど暴れ倒してきたとは。自分で聞いておいて、知りたくなかった、と後悔した。

「団長が山賊を挑発して別ルートに誘導しなければ、ビアンカ様はその団長の勇士をご覧いただけたかもしれません」

「え？」

「もともとはビアンカ様がセントリューズの王宮までいらっしゃるルートで山賊たち

が暴れていたんです。団長が馬を走らせるのがもう少し遅ければ、もしかしたら金銀目あてでビアンカ様御一行が狙われていたかもしれません」

思わず背筋がゾッとした。自分たちが、のんびりと通り過ぎてきた場所のどこかで、そんなことが起きていたなど、思いもしなかった。

ジェドの言う通り、山賊に出くわしていたら無事に婚儀に出られたかどうかさえわからない。

身ぐるみを剥がされ金目のものはすべて盗まれ、もしかしたら命も狙われたかもしれない。

「山賊たちを捕らえている最中も、この後団長が婚儀に間に合うかどうか、騎士団員たちは皆、冷や冷やしていました」

冷や冷やするのはこっちのほうだ。もう、ルーカスの話をジェドに聞くのはやめようと、ビアンカは心に強く誓った。

「併せて、あの団長の妃となられるお方がどんな方なのか……実はそれも、騎士団の中では噂の的だったのですよ」

「え……!?」

思いもよらない言葉に、ビアンカは目を丸くしてジェドを見上げた。

「団長の浮いた話は、今まで一度も耳にしたことがなかったので。もしかしたら、とんでもない美貌のお妃なのかと……我々もつい、期待を膨らませてしまって」

その言葉に、ビアンカは今朝のアンナとのやり取りを思い出して肩を落とした。

とんでもない美貌の妃、だなんて。それは色気のある大人の女性に似合う言葉だ。

もしも本当に彼らが、そんな期待をしていたとしたら、実際に現れた妃が色気のない小娘で、ずいぶんとガッカリさせたことだろう。

「すみません、私……美貌の欠片も持ち合わせていなくて……」

ビアンカがうつむくと、ジェドは「えっ!?」と、驚いたような声を出した。

「美貌どころか、王女らしさにも欠けるような人間で……」

「と、とんでもないです!!　その、なんというか……今のは、そういう意味で言ったわけではなく！」

「いえ、いいんです……。お気遣い、ありがとうございます……」

慰められれば慰められるほど、虚しくなる。

ガックリとうなだれたビアンカを前に、ジェドは慌てて首を横に振った。

「本当に、気を使っているわけではなくて！　自分がこんなことを言うのは本当に恐縮なのですが、ビアンカ様は想像以上にかわいらしく、素敵な方で……自分は団長がうらやましいとさえ思っているほどです！」

「うらやましい？」

不思議に思ったビアンカが顔を上げると、ジェドはハッとしてから視線を左右にさまよわせた後、照れたように人さし指で頬をかく。

「ビ……ビアンカ様は、こんな自分にも敬語を絶やさず、敬意を払ってくださいます。本当なら我々のことなど、顎で使ってくださってもかまわないくらいなのに……。とてもお優しい方なのだと、すぐにわかりました」

その言葉に、ビアンカは王宮の案内を始める直前のジェドとのやり取りを思い出した。

彼に対して敬語で応えるビアンカに、ジェドは「自分程度に敬語はおやめください」と恐縮して言ったのだ。

けれど、どう見ても年上の彼に対して、いきなり砕けた口調になるのは気が引けた。大きな身分の差はあれど、ここでは彼よりも自分のほうが新参者だ。

それに、いくら上司であるルーカスの命令だからといっても、忙しい中、小娘相手に広い王宮内を案内してくれると言ったジェドに対して敬意を払わないほうがどうかしていると思ってしまった。

「ビアンカ様は……これもまた失礼ですが、とても不思議な方です。王族なのに王族らしさがないというか。あ、もちろん、いい意味で、です！」

「はぁ……」

そういえばアンナにも以前、似たようなことを言われたことがあった。

アンナは逆に、自分に対してフレンドリーに接するビアンカを「品がない」だとか「主としての自覚がない」とか怒っていたけれど。

そっちこそ侍女としての自覚なんかないくせに、それはこっちの台詞だと突っぱねた。

アンナとは幼い頃からの付き合いだし、年は二十五歳も違えど、気持ち的には気のおけない友達のような感覚だから仕方がない。

自分はそういう性分なのだと、ビアンカ自身も、とうの昔にあきらめていた。

「だからですね……！　あの、なんというか……団長の正妃がビアンカ様で、自分はとてもうれしくて――」

そのとき、不意にジェドの言葉を遮って、背後から声がかけられた。

「――あら、ビアンカ王女。それに……ええと、誰だったかしら。そんなところでいったい、なにをしているの？」

ビアンカが弾かれたように振り向くと、そこには昨日挨拶を交わした王太后――ルーカスの母と、前宰相アーサーが立っていた。

豪華なドレスと装飾品を身にまとい、うしろに侍女をふたり従わせている姿はきらびやかで、なによりとても品がある。

「こ、王太后陛下……！　それに、アーサー様も……！　いらっしゃるとは気がつかず……大変、失礼いたしました……！」

ジェドが焦った様子で、ふたりの前に膝をついた。

ビアンカもドレスの裾を持ち上げると、精いっぱい品よく頭を下げる。

「ジェド、王太后殿は貴様に、ここでなにをしていると聞いているのだ」

棘のある口調で言い放ったのは王太后のすぐうしろに控えていた前宰相のアーサーだ。

でっぷりと前に突き出たお腹と、ツルンと輝く頭が印象的なセントリューズの古株のひとり。

「も、申し訳ありません……！　今、ルーカス様の命で、ビアンカ様に王宮内の案内をしていたところなのです」

「王宮内を……？」

「はい。少しでも早く、ビアンカ様が王宮での暮らしに慣れるようにと、ルーカス様が申されまして」

続けられたジェドの言葉に、王太后が驚いたように片眉を持ち上げた。

「……ふん。〝アレ〟にしては、ずいぶんと気の回ることをするのね」

「アレ……？」

〝アレ〟とはまさか、ルーカスのことなのか。

ビアンカが思わず顔を上げたことにも気づかずに、王太后は馬鹿にしたような笑みを浮かべて淡々と言葉を続けた。

「突然、結婚すると聞いたときも、なにを企んでいるのかと思ったけれど……。やはりアレの考えることは、理解に苦しむわ」

「まぁまぁ、王太后殿……落ち着いてください」

「いつもいつも、私の心の平穏を乱しているのはアレなのよ。まったく、どうして私がこんな思いをしなければならないのかしら」

「仮にもビアンカ様の前ですので、王太后殿もそのあたりで……」

アーサーが苦笑いをこぼしながら王太后をなだめているが、あまり効果はなさそうだ。

「本当になにを考えているのか……恐ろしい男だわ」

吐き捨てられた王太后の言葉に、ビアンカは今度こそ息をのんだ。

昨日は婚儀の前にあまり時間がなく、王太后と話す時間もほとんどなかった。

婚儀が終わった後もすぐに、王太后とアーサーはお疲れだということで部屋に戻ってしまい……しっかりとした話もできぬまま、今の今を迎えてしまった。

だから昨日部屋に帰ってから、ビアンカがアンナにふたりのことを尋ねると、王太后とアーサーはとても仲がいいのだと、アンナは淡々と話してくれた。

王太后は先代国王亡き後も、自分の夫の右腕として活躍した彼と懇意にしているのだとかなんだとか……。

今のやり取りを見る限り、アーサーは王太后のなだめ役に回っているらしい。

もしかしてその気苦労のせいで、頭も薄くなったのか。

「ビアンカ王女。あなたも、気をつけてね。アレは、その名の通り……汚らわしい鳥、ですから」

「汚らわしい鳥……？」

ビアンカが聞き返すと、王太后はおもしろそうに目を細める。

「あら、アレが所属する王立騎士団がなんと呼ばれているのか知らなくて？」

「王太后殿、本当にそのあたりでおやめください……！」

アーサーの制止など意に介さぬ王太后は、声高に言葉を続けた。

「知らないのなら教えてあげましょう。黒翼——つまり、鴉の騎士団。汚い場所に出向いてゴミの処理をする、そんな人間たちの集まりということを示しているのよ」

「……っ！」

嘲笑を浮かべながら吐かれた王太后の言葉に、膝をついて頭を下げているジェドの肩がピクリと震えた。

「ビアンカ王女も、はるばるこちらへと嫁いでいらしたのに、お気の毒ね。相手がアレじゃあ……幸せになど、なれはしないわ」

もはやお手上げといった様子で頭を抱えるアーサーは、ビアンカの様子をうかがうように眉を下げて小さくなっている。

反対に、おもしろそうに笑う王太后の瞳の色は青く光っていて、栗色の髪はルーカスの兄であるオリヴァーとよく似ていた。

そういえば昨日も、ビアンカは同じことを思ったのだ。

現国王であるオリヴァーは、王太后と顔立ちもよく似ている。

いずれにも似ていないルーカスは……今は亡き、先代国王に、似ているに違いない。

(自分と似ていない子よりも、似ている子のほうがかわいいとでも、王太后様は思っているの?)


たしかにルーカスは冷酷無情な男と噂される、ビアンカの苦手な軍人だ。

大切な婚儀の前に手を汚し、山賊のねぐらも焼き払い、幼いビアンカが股間を蹴り上げた軍隊長のことも、見つけ出して牢にぶち込んでもいいだなんて言っていた。

もしかしたら王太后は、そんなルーカスのことを野蛮だと思っているのかもしれない。


ビアンカが軍人が苦手であることと同様、王太后は野蛮な人間が嫌いだというのなら、穏やかで威厳のあるオリヴァーをかわいがるのもうなずける。

「なにかあればすぐに、祖国へお戻りなさい。それがビアンカ王女にとって、一番の幸せに違いないわ」


けれど、そうだとしても自分の息子に対して、この言い草はどうなのかとビアンカは疑問を覚えずにいられなかった。

また、王太后の腰巾着らしいアーサーの対応を見る限り、常日頃から彼女は、ルーカスのことを侮辱しているのかもしれないとも思った。

騎士団の制服を着たジェドを前にして、国を守る王立騎士団とルーカスのことを、ゴミの処理をする、鴉に似た汚い人間たちと言い放つくらいだ。

ふたりに対して頭を下げ続けているジェドの表情は見えないけれど、悔しくてたまらないに決まっている。

ルーカスのことは、半分仕方がないと思っても……優しいジェドのことを思うと、ビアンカはどうにもいたたまれなかった。

「ビアンカ王女は、かわいらしいのですから。国に帰ってもまた、よい縁談のお話がありますよ」

その言葉にビアンカの中でなにかがキレた。

「——私の夫は、ルーカス・スチュアート、ただひとりです」

気がつけばビアンカは一歩前へと足を踏み出して、真っすぐに王太后を見据えていた。

「え？」

王太后は驚いたように目を見開き固まっている。

それでもビアンカは王太后を見据えたまま、キッパリと言いきった。

「私は、ルーカスの正妃です。その私の前で、彼を侮辱することはお控えください」

（……別に、ルーカスのことを守ろうと思っているわけではないけれど）

今、ビアンカは、まぎれもなくセントリューズ王立騎士団、騎士団長、ルーカス・スチュアートの妻なのだ。

ルーカスがたとえどんなにひどい男でも、彼と、彼を慕う部下たちが侮辱されているのを、黙って見過ごすわけにはいかない。

なによりルーカスとの婚姻は、祖国を守るための大切なものなのだ。

ほかにもよい縁談があるだろうから祖国へ戻れだなんだのと、簡単に口にされたらたまったものではない。

「申し訳ありませんが、私は彼と添い遂げるつもりでセントリューズにまいりました。なので彼以外の方との縁談の話など、聞きたくもありません」

ふたりに膝をつくジェドの隣に並び、ビアンカは臆することなく口を開くと、ツンと顎を突き出した。

「それに、お言葉ですが。自らの命を賭して国を守る彼ら——王立騎士団のことを、そのように侮辱されるのは、いかがなものかと思います」

「あ、あなた、なにを言って……っ」

「彼らは国が攻め入られようとしたとき、先陣を切って戦場に出向き、命を張って戦ってくれるのです。騎士団の敗北は、国の敗北。そんな彼らをゴミ処理をする鴉だなんて……よく、言えますね」

そこまで言いきるとビアンカは腕を組み、自分よりほんの少し背の高い王太后を睨み上げた。

アンナがここにいたら、『姫様だって軍人が苦手なくせに』とでも言いそうだ。

だけど、それとこれとは別問題。ビアンカは軍人に対して苦手意識はあれど、彼らの仕事を侮辱したことはない。むしろ、その高い志に敬意を払っていたし、祖国の軍人たちには感謝もしていた。

「私には、彼らを侮辱するあなたの気持ちがわかりません」

相手はルーカスの母。自分よりも位の高い、先代国王妃だ。

彼女のうしろで前宰相アーサーが、顔色を青くして佇んでいる。

だけど、頭ではわかっていても、どうしても我慢ができなかった。

ルーカスの率いる騎士団とルーカスをけなし、貶《おとし》めるだけでなく――自らの命を賭けて国を守ろうとする、彼らの尊い意志まで踏みにじったのだから。

昨日、アンナから黒翼の騎士団の名と由来を聞かされたときとはまるで違う。

嘲笑と蔑みを含んで放たれた言葉を、ビアンカは聞き流すことなどできなかった。

「あ、あなた……っ。私にそんなことを言って、許されると思って!?」

顔を真っ赤にした王太后は、今にも湯気でも出しそうだ。唇はワナワナと震え、目は三角につり上がっている。

「許されるとは、思っておりません。失礼を承知で申し上げました」

「な……っ！　あなた如き、どうにでもできるのよっ。今すぐ国に送り返して、女としての恥をかかせることだって、いくらでもできるわ‼」

声を張りあげた王太后を前に、ついにアーサーがオロオロとうろたえだした。

巻き込んでしまって申し訳ないとビアンカは心の中でアーサーに謝ったが、先に喧嘩を吹っかけてきたのは王太后だ。

「いいこと。あなたが今したことは、王宮内でのあなたの立場を危ぶめることに――」

「――王太后陛下、それにアーサー殿」

そのとき、突如、凛とした声が辺りに響き渡って、王太后の言葉を遮った。

静まり返った廊下。思わず全員が動きを止めると、声の主が再び静かに口を開く。

「我が姫が、おふたりに失礼をしたようで申し訳ありません。ご気分を害したのであれば、私が代わりにお詫び申し上げます」

王太后とアーサーのうしろ――視線の先には騎士団の黒い制服を身にまとった、ルーカスが立っていた。

「ルーカス……」

（いったい、いつからそこに……？）

そう言いたげな王太后とアーサーを尻目に、一瞬だけビアンカへと目を向けたルーカスだったが、すぐにまたふたりを視界にとらえて口を開いた。

「それで、姫はおふたりに、どんな失礼をしたのでしょう」

なにもかもを見透かした様子で、淡々と言い放ったルーカスは、黒曜石のような黒い瞳を真っすぐにふたりへと向けている。

清廉な彼のまとう冷たい空気が、辺り一帯を包み込んでいた。

「こ、王太后殿はただ、貴殿の妃と話をしていただけで……」

「ほう。それは、どのようなお話を？」

王太后とアーサーに対する姿勢は低いものの、ルーカスの放つオーラはどこか高圧的で、その場にいた全員が当然のように気圧されている。

「フ、フン……ッ‼　あなたに話すようなことではないわ！　だけど以後、気をつけなさい‼　行くわよ、アーサー！」

王太后も、それだけを言うのが精いっぱいだったのだろう。

顔を赤くしたままドレスの裾を翻すと、侍女たちを連れ、そそくさとその場から立ち去った。

　去り際にアーサーだけが居心地悪そうにチラリとルーカスをうかがったが、そんな彼に対してルーカスは目を合わそうともしなかった。

アーサーには悪いことをしてしまったと、ビアンカは心の中で彼に謝ったが、すぐに王太后を追いかけたアーサーに、その思いが届くことはない。

それにしても……アーサーはともかく、どこか他人行儀なルーカスと王太后のやり取り。

ビアンカは心の中で首をひねったけれど、それを口にするほど空気が読めないわけではないのだ。

「……なにをしている」

ピリピリと、空気を通して彼――ルーカスの苛立ちが伝わってくる。

一行の姿が完全に見えなくなった後、放たれたのはひどく、無機質な声だった。

ビアンカとジェドは、思わずビクリと身を硬くすると、ふたり同時に喉を鳴らした。

ベッドの中でビアンカに向けたルーカスの声とは、まるで違う。

背筋が凍りつくような、突き放すような冷たい声だ。

「……俺は、そこでなにをやっているのかと聞いているんだが」

「も、申し訳ありません……！　ビアンカ様は、自分をかばってくださったのです……！　なにより、ルーカス様のことを……。だから……」

立ち上がったジェドは、とっさにビアンカを背に隠すようにルーカスの前へ出た。

腕を組み、ピクリと右眉を動かしたルーカスは、射るような目をジェドへと向ける。

「……どけ」

「え？」

「俺とビアンカの間に立つなと言っている、死にたいか」

「は……はいっ。申し訳ありません‼」

冷たい声。低く地を這うような声に、ジェドは焦った様子で一歩うしろへと足を引くと、ビアンカのうしろに静かに控えた。

遮るものがなくなったせいで、再びビアンカとルーカスが向き合う形になる。

そのまま……どれくらい、見つめ合っていただろう。

真っすぐにビアンカを見るルーカスの目は相変わらずなにを考えているのかわからなくて、ビアンカはかける言葉が見つからなかった。

「ハァ……行くぞ」

「え……」

と、不意に腕を掴まれ、ビアンカの体が一歩、前に出た。

「ジェド。お前は通常業務に戻れ。昨日捕らえた山賊の尋問も、まだ残っている」

「は、はい‼」

淡々と、それだけをジェドに言つけたルーカスは、ビアンカの腕を引いて歩きだした。

きらびやかな回廊を抜け、礼拝堂の前を通り、どこかへと真っすぐに向かうルーカス。

ふたりは足のコンパスの長さが違う。さっさと歩くルーカスを、ビアンカはおぼつかない足取りで必死に追いかけた。

「……っ、ひゃあっ⁉」

そうしてしばらく歩いたのち、ルーカスが足を止めたのは離れの時計塔の扉の前だった。

急にルーカスが立ち止まったせいで、彼の背中に鼻をぶつけたビアンカは、痛さで思わず小さくうなる。

「ル、ルーヒャス……」

「あれ？　団長？」

「先ほど、昨日捕らえた山賊のところへと行くと、出て行かれたばかりじゃ……」

「ウルサイ」

突然現れたビアンカとルーカスに、周りにいた数人の騎士団員たちが驚いたように目を見開いていた。

けれど、それをウルサイというひと言で一蹴したルーカスは、それ以上なにを言うでもなく目の前の扉に手を掛ける。

ふたりを取り囲む男の中には上半身裸で首にタオルを巻いているものもいて、ビアンカは痛む鼻を押さえたまま、目のやり場に困ってしまった。

「行くぞ」

「え……あっ」

そんなビアンカの思いなど、ルーカスはなんのそのだ。

再びビアンカの腕を強く引くと、時計塔の中へと入り、螺旋《らせん》階段を上っていった。

「わ……っ」

たどり着いたのは、時計塔の中にある小さな部屋だった。

約二十平方メートルほどの大きさの部屋はレンガ造りの外観に等しく、落ち着いた雰囲気で、趣《おもむき》を感じずにはいられない。

天井までの高さの本棚、ステンドグラスが装飾された小窓。その真ん中に木のデスクが置いてあり、上には書類が並んでいた。

「ここは、俺の仕事部屋だ」

ルーカスの、仕事部屋。つまりジェドが言っていた、騎士団長の執務室ということか。

開け放たれた窓からはセントリューズの街が一望でき、空を数羽の鳩が飛んでいた。

ビアンカは、その窓に近づこうと、一歩、前に出る。

けれどすぐに手を引かれ、ルーカスの腕の中へと呆気なく引き戻されてしまった。

「……逃がすか」

「……っ」

耳もとで、艶のあるかすれた声でささやかれ、ビアンカの体はビクリと揺れた。

うしろから自分を抱きしめる腕は熱く、力強い。昨夜も抱きしめ合って眠ったというのに、たった一日では少しも慣れそうにない。

「ル、ルーカス……?」

「お前は……危なっかしい。なんのために、ジェドをつけたと思っているんだ」

「ご、ごめんなさい……」

ビアンカが素直に謝ったのは、自分がやらかしたという自覚はあったからだ。

今、言われたのが先ほどの、王太后たちとのやりとりのことだと気づかないほど、ビアンカは鈍感ではなかった。

最後に見た王太后のビアンカを見る目は、まるでカエルを睨む蛇のようだった。

王太后とビアンカが揉めたら間に挟まれるのはルーカスで、彼からすれば余計な面倒を起こすなということだろう。

「謝ってすむなら、俺たち騎士団はいらない。俺が来なかったら、どうするつもりだったんだ」

そう言われてしまうと、ビアンカは今度こそ返す言葉をなくしてしまう。

たしかに、あの行動は軽率だった。もしも、まだ婚儀の前でビアンカが弱小国のただの王女という立場だったなら、その場で手討ちにされてもおかしくない。

「でも……どうしても、我慢できなくて」

それでもあのとき、王太后に言い返したことをビアンカは後悔していなかった。

ビアンカは、今の自分が置かれた立場なりの対応をしたつもりだ。

ルーカスの妻として、あの場で引き下がることなど、どうしてもできなかった。

「なにを言われたんだ」

「……言いたくない」

ビアンカが拗ねたように唇を尖らせると、ルーカスはあきれたように息を吐く。

今、ルーカスはかたくななビアンカに対して苛立っているのだろう。

だけど、たとえそうだとしても、言いたくないものは言いたくないのだ。

(言ったら多少なり、ルーカスは傷つくだろうから……)

相手を傷つけるとわかっていながらすべてを話すなど、自分の意にそぐわない。

「馬鹿だな、お前は」

「……っ」

フッとビアンカの耳もとでルーカスが小さく笑う。

「王太后がなにを言ったかなんて、だいたい想像がつく」

「え……」

思いもよらない言葉に、ビアンカは目を見張った。

「だから、そんなことよりも、お前になにもなくて本当によかった」

「ルーカス……？」

「頼むから、俺の目の届かないところで無茶をするのはやめてくれ。このままだとお前をここに、閉じ込めておきたくなる」

「……っ」

言葉と同時、耳を甘く噛まれて、ビアンカの体がブルリと震えた。

そのまま、スルリとすべり落ちた唇は、ビアンカの首裏を甘く優しく、もてあそぶ。

「ああ……だが、なにかあるたびに、ここでこうして、お前をじっくりと尋問するのもいいな」

「ん……あっ、ダメ……ッ」

「お前が無茶をすればするほど、俺はお前を辱《はずかし》めることができる。ここでは俺の命令は、絶対だからな」

言いながらルーカスは、ビアンカの胸もとへと手を伸ばした。

彼は王太后とビアンカが揉めたことで苛立っていたはずなのに、どうしてこんな展開になるのか。ビアンカには彼の考えていることが、さっぱりわからなかった。

「や……っ、ルーカス……っ」

「そんな声で俺を呼んだら、余計に止まらなくなるぞ?」

艶のある声が鼓膜をなでて、ビアンカが甘い息を吐く。

「止めてほしくない、というのなら話は早いが」

「――っ!?」

言いながら、そっと、ルーカスの指がビアンカの顎を優しく掴んだ。

そのまま上へと引き上げられて、なにをされるかと身構えるより先に、唇と唇が重なった。

「……んんっ」

とっさに体を離そうともがいたけれど、屈強な体はビクともしない。

触れ合う唇の熱さに目眩がして、ビアンカは今にも腰から崩れ落ちてしまいそうになった。

「やっ、ルーカス……ダメ……ッ、こんなところで……っ」

涙をためた目で必死にルーカスを見上げれば、彼の瞳が男の色を映して妖しく光る。

「そんな顔をするな。今すぐここで抱いてしまいたくなるだろう」

「……っ」

「それとも、今からここで、明日の朝まで俺に鳴かされたいか？」

ビアンカの頬は赤く染まり、体の芯は甘く震えた。

視線の先には目のくらむような美しさを持つ、ルーカスがいる。

高鳴る鼓動の原因は、間違いなく彼だ。

先ほどまでの彼とは、まるで違う。王太后とアーサーを前にした彼の目は冷たく無機質だったというのに、今のルーカスの目には熱くたぎるような熱情があふれ、一心にビアンカを見つめていた。

「そ、そんなこと、言って……」

「……うん？」

「どうせ、私のことなんて、ただの小娘だと思っているくせに……っ」

けれど、ビアンカの口をついて出たのは今の今まで胸にはびこっていた彼に対する不審の言葉だった。

「ビアンカ？」

「じ、自分に、そんなふうに言ってもらえるような色気がないことなんて、自覚してるの……っ。だからまた、適当な言葉で私をあしらおうとしているんでしょう!?　もうその手には、のらないいんだから！」

ビアンカは目に涙をためたまま、ルーカスを睨み上げた。

今、こんなふうにドキドキしているのは自分だけなのかと思ったら、どうしようもなく悔しくなったのだ。

（口では抱きたくなるだなんて言うけれど、心の中ではそんなふうに思っていないくせに。どうせ、抱く価値もない小娘だと思っているんでしょ？）

「……お前のほうこそ、少しは自覚したほうがいい」

「え……ひゃあっ⁉」

けれど返ってきたのは、予想外に甘い彼の言動だった。

「自分がどれだけ俺のことを振り回しているのか、よく自覚しろ」

言葉と同時に、突如ふわりと、ビアンカの体が宙に浮いた。

そのままどこに運ばれるのかと思えば、お姫様抱っこでビアンカを抱えたルーカスによって今度はデスクの上へと下ろされる。

「ル、ルーカス……？」

「昨夜、俺がどれほどの理性をかき集めてお前を腕の中へ閉じ込めたか、知らないだろう？」

「えっ……」

「ベッドの中で、一睡もできなかった。お前が腕の中にいると思ったら、眠れなかったんだ」

「ん、ん……っ」

再び、唇と唇が重なる。

ビアンカはデスクの上に座らされ、正面から覆いかぶさるように唇を寄せたルーカスに、ただ身を任せるしかなかった。

逃さないとばかりに彼女の背中へと回された腕。

それは力強くもあり、それでいて、どうしようもないほど丁寧で……胸の中に、言いようのない温かな気持ちがあふれだした。

「俺のすべては、お前のためにある」

「ル、ルーカス……?」

「だから早くお前も、俺にすべてを預けろ」

甘い命令は、ビアンカの胸の鼓動を早めた。

たった今、言われた言葉を簡単に信じることなんてできない。

なぜなら相手は冷酷無情な騎士団長だ。

目的のためなら手段を選ばないような男に違いない。

だけど頭ではそう思うのに、ルーカスの瞳があまりに真っすぐだから、ビアンカはただ困惑するしかない。

「ビアンカ……お前を、愛している」

それは突然の、愛の告白だった。

ルーカスの想いが触れ合った唇から伝わって、体の奥が熱くなった。

思わず彼のまとう黒いコートを掴んだビアンカは、何度も角度を変えては深く繋がる唇に、ただただ必死に応え続けた。

「お前のことが……愛おしくて、たまらない」

……どうして。

どうしてルーカスは、こんなにも自分のことを——？

胸に浮かんだ疑問は、口に出すことができないまま。

ふたりはそのまましばらく、締めきられた部屋の中で互いの熱を確かめ合うように、キスに溺れた。

彼の秘密と焦れる心

「ハァ……」

ビアンカがセントリューズに嫁いでから早一週間。初めこそ慣れない環境に戸惑っていたものの、なんとなく生活のリズムは掴めてきた。

開け放たれた窓からは春の暖かい風が舞い込んできて、ビアンカの頬を優しくなでる。

本当なら春の陽気に胸を躍らせ、テラスでゆったりとお茶でも楽しみたいところ。けれどビアンカの心は、穏やかな春の陽気とは裏腹に、この一週間、戸惑いの色に揺れていた。

「ビアンカ様、ため息ばかりついていると幸福が逃げてしまいますよ」

部屋の真ん中に置かれたカウチソファに身を預け、ぼんやりと宙を眺めていたビアンカにアンナがあきれたように声をかけた。

唇を尖らせながらアンナへと目を向けたビアンカは、頬杖をついたまま、そっと眉根を寄せてみる。

「……だって、考えても考えても、わからないんだもの」

ビアンカの、ため息の原因。それは今朝も早くから出かけていった、夫のルーカスのことだった。

王立騎士団の騎士団長を務めるルーカスは朝が早い。

夜も遅くに帰ってくる日もあるし、やはり騎士団長という職務は激務なのだ。

「あのルーカスが、私のことを好きだなんて……。だって、私たちの結婚は国のための政略的なものなのよ？　私たちはただ、お互いの国のために結婚したはずで、そこに特別な感情なんてなかったはずなのに……」

一週間前、執務室でルーカスから情熱的な愛の告白を受けたビアンカ。あまりに突然の出来事に、ビアンカは戸惑うばかりで、彼の気持ちに返事をすることができなかった。

けれどルーカスは、そんなビアンカを前にとても優しく微笑むと、『お前は、お前のペースで俺を愛してくれたらいい』と言ったのだ。

そして宣言通り、ルーカスはあの日の夜から昨夜まで変わらず、ビアンカに夜の営みを強要することもなかった。

ただただ、ビアンカを自身の腕に抱きしめて眠るだけだ。

キスだって――執務室でされた以降、ただの一度もしてこない。

「どうしてルーカスは、私のことを愛しているだなんて言ったのかしら……」

彼からのキスがないことを寂しいと思うだなんて、そんな自分に困惑しきりの毎日だった。

思わずアンナにすがるような目を向けたビアンカだが、それはあきれたようなため息とともに一蹴されてしまう。

「この一週間、その質問は耳にタコです」

「う……」

「何度も言いますが、アンナはルーカス様がビアンカ様に想いを寄せておられるなど、ビアンカ様が見たポジティブすぎる夢なのでは？　と、思っていますよ」

侍女ならそこは、「ビアンカ様が魅力的だからですよ」とかなんとか、お世辞のひとつくらい言えそうなものだが。

アンナはヤレヤレといった様子で首を横に振ると、ティーポットを手に取った。

「ポジティブすぎる夢……」

だけどそう言われるたび、そうだったのではないかと思えてくる。それほどルーカスからの愛の告白は突然で、予想外のものだった。

（ポジティブな夢……むしろ、本当に夢だったなら、こんなに悩まずにもすむのに）

なげやりなことを考えるのは逃げだろうかと、ビアンカは自問する。

「うう……っ。もう考えても考えても、どうしたらいいのかわからない……」

思わずうなると、アンナが再びため息をついた。

「それならもう、いっそのこと考えるのをやめてしまったらどうです？」

「へ……？」

「考えてばかりいないで、思いきって行動に出たらどうだということです」

キッパリと言いきったアンナは、綺麗に磨かれたティーカップをトレーの上に並べていた。

「頭ではなく、心の思うままに動けばいいだけ。しょせん、恋だ愛だなんて、頭で考えて答えの出るものではないのでしょう」

「心の思うままに……」

ビアンカが自分の胸に手をあて耳を澄ますと、トクトクという甘い音が手のひらから伝わってくる。

「はい。そして、心の思うままに動くのが難しいなら強行突破あるのみです。全部すっ飛ばして、体をルーカス様に委ねてしまえば案外早く、答えにたどり着けるかもしれません」

「な……っ⁉」

「まさに、裸と裸の付き合いです。お互いのことをよく理解するには、それが一番の近道かもしれませんよ」

ティーカップに紅茶を注ぎながら、なに食わぬ顔で言い放ったアンナとは対照的に、ビアンカは顔を真っ赤に染めて固まってしまった。

体を、ルーカスに預ける。それは、思いきってルーカスと夜をともにしろということで、つまりさっさと男女の仲になってしまえということにほかならない。

「アアア、アンナの変態っ‼」

「変態？　むしろ、自分を慕っている男を毎夜拷問にかけているビアンカ様のほうが十分変態かと思いますが」

「ご、拷問……？　ちょっと待って、どうしてそんな話になるの！」

思わずビアンカが噛みつくと、アンナは深々と息を吐いた。

「ハァ……。ビアンカ様、よくお聞きください。仮にも愛する妻と毎夜同じベッドに入るのに体を重ねられないなんて、夫からすれば拷問以外の何物でもありませんよ」

今度こそ、ビアンカは耳の先まで真っ赤に染めて固まった。思ってもみない視点からの指摘だったのだ。

好きな人と同じベッドで寝ているのになにもできない。それはアンナの言うように、つらいことなのかもしれない。

そういえばルーカスも一週間前、眠れなかったと言っていた。

一週間経った今は、多分……ちゃんと眠ってくれているとは思う。夜、時々彼の寝息が聞こえるし、朝方部屋を出ていくルーカスの目の下には隈もできていなかった。

「ビアンカ様なら、好きなものを目の前にして手を出せないという状況を、どう思いますか?」

アンナの質問に、ビアンカは思わず顎に手をあて考えた。

例えるなら、腹ぺこの状態で大好物を目の前に差し出されているのに食べられない、みたいな?

ミルクたっぷりの甘いミルクティーをいれたての状態で目の前に置かれて、飲んではいけないと両手を椅子に縛られている……みたいな?

「それは、かなりつらいかも……」

「でしょう?」

思わず眉間にシワを寄せたビアンカを前に、フフンと鼻を鳴らしたアンナはどこか得意げだ。

ビアンカの座るカウチソファの横に置かれた丸テーブルの上に、いれたての紅茶を置くと、アンナは再び静かに口を開いた。

「どうせなら、この機会にルーカス様のことをもっとよく知ってみたらいかがですか?」

「ルーカスのことを?」

「そうです。ビアンカ様はまだ、ルーカス様のことをよく知らないから、半信半疑で彼の言葉と気持ちを受け止めきれないのでしょう」

「……」

アンナの言葉に、ビアンカは今度こそ押し黙った。

軍人が苦手なビアンカはルーカスが騎士団長であることを聞いたときから、知らず知らずのうちに『自分が彼を好きになるはずがない』と思っていた。

嫁いでくるなり冷酷無情な男だと聞かされたのだから、なおさらだ。そんな男と愛を育むなど不可能に近いと、普通の女性であれば誰もが考えるだろう。

けれど、この一週間、ルーカスをそばで見てきて少しずつ彼に対する自分の気持ちに変化があった。

（もしかしたらルーカスは、そんなにひどい男じゃないのでは……？）

たとえ苦手な軍人だとしても、幼い頃にビアンカの思い出の花壇を踏み荒らしたあの男とは、まるで違う。

部下に慕われ、国民からは英雄、軍神とたたえられている高潔な男だ。

この一週間、ビアンカがそばで見てきた彼は誠実かつ優雅で……なにより妻であるビアンカに対して、とても情熱的だった。

「本当のルーカス様を知ったら、ビアンカ様の心にもなにか大きな変化があるかもしれません。上辺だけの彼ではなく、彼の本来の姿を知ったら……」

アンナの言うことは、不思議と違和感なく胸にストンと落ちてきた。

「……そもそもアンナが最初に、ルーカスの話を私に吹聴して怯えさせたくせに」

「それはもちろん、アンナだってルーカス様のすべてを知っていたわけではありませんから」

堂々と開き直るアンナは、ここまで来ると清々しい。

「ですがここに来て、ビアンカ様を通して見たルーカス様の印象はずいぶんと変わりましたよ」

「え……」

「今は、私が仕える大切な主を、私と同じように大切にしてくださる方……と、好印象に思っています。だからこそ、ふたりがうまくいけばよいと、アンナは心から思っているのですよ」

ニッコリと微笑んだアンナを前に、ビアンカは再び頬を赤く染めた。

「ビアンカ様の幸せは、アンナの幸せです」

……アンナは、ズルい。

珍しくそんなことを言われたら、これ以上、憎まれ口をたたけなくなってしまう。

「……私、ルーカスのこと、もっと知りたい」

ビアンカが真っ赤な顔を隠すようにうつむきながら応えると、アンナは小さく微笑んだ。

「ええ、それがビアンカ様にとってもルーカス様にとっても、よい選択かと思われます。そして早く、おふたりのお子をアンナに抱かせてくださいませ。きっと、かわいらしい子が産まれますよ」

「……ぶっ!!」

ゆらゆらと、春風に揺れる木々。ふわりと、鼻先をかすめた甘いミルクティーの香り。

誘われるように大好きなその香りへと手を伸ばしていたビアンカは、アンナから言われた言葉に思わず口に含んだミルクティーを噴き出した。

「ルーカスのことを？」


王宮内でも一番の広さを誇る執務室。

それがセントリューズ国王、オリヴァーが仕事をする国王執務室だった。

重厚な扉を開けると、正面の窓の向こうには美しい王宮庭園が見える。

中央には大きなソファセットが並び、金糸のあしらわれた絢爛たるクロスが存在を主張していた。

立派な執務机にはサイン済みの書類やペンが置かれていて、今の今までオリヴァーが仕事をしていたのだということがわかる。

一週間前、ビアンカが訪れたルーカスの執務室とはまるで違う豪華さに、ビアンカは思わず萎縮してしまった。

「ビアンカ王女？」

「あ……も、申し訳ありません‼　国王陛下はお忙しいのに、くだらないことでお時間をいただいてしまって……」

思い立ったら吉日、と言ったアンナの言葉にのせられて、ビアンカはアンナと話した後すぐに、ルーカスの兄であるオリヴァーのもとを訪ねていた。

国王という立場である彼もまた、ルーカスと同じくかそれ以上に忙しい。

それなのにオリヴァーは、ビアンカのために快く時間を空けてくれたのだ。

けれど、突然訪ねてきた弟の妃が『自分の夫のことをよく知りたい』と言い出したら驚き、なにを言っているのだと困惑もするだろう。

言い出しっぺのアンナは国王執務室には入らず扉の向こうに控えているし、今の微妙な空気はビアンカ自身がなんとかするしかない。

「あ、あの……。私、ルーカスのことをなにも知らないので。それで、ルーカスのお兄様でもある国王陛下なら、彼のことをいろいろとよくご存知だと思いまして……」

自分で言っていて、なにを言っているんだとツッコミたくなった。

ルーカスのことをよく知っているかどうかなど、そんなことを尋ねること自体失礼だ。

血を分けた兄弟なのだから、相手のことを知っていて当然。幼い頃から一緒に、この大きな王宮で育ってきたのに知っているもなにもない。

馬鹿なことを聞くなと叱責されて、追い出されてもおかしくないのに。

「ははっ」

「え？」

「ビアンカ王女はおもしろいなぁ」

萎縮して小さくなっていたビアンカの耳に届いたのは、こらえかねたような笑い声だった。

思わずうつむきかけていた顔を上げると、オリヴァーの美しいブルーの瞳と目が合う。

「今の話をルーカスが聞いたら、なんて言うかな」

「あ、あの……」

「もしかしたら、常に冷静沈着な弟が、うろたえる姿でも見られるかな？　ああ、それとも、ビアンカ王女と私がふたりきりで秘密の話をしたことに嫉妬でもするか……」

再び小さく声を漏らして笑ったオリヴァーは、なんだかとても楽しそうに見えた。

彼が動くたびに揺れる栗色の髪。改めて見ると、やっぱり黒髪・黒い瞳のルーカスとは似ても似つかない容姿をしている。

「国王陛下……あの、」

「ああ、失礼。それで、ルーカスのことを教えてほしいんだったね。具体的にはなにを知りたいんだ？」

執務机の椅子に腰掛け、長い指を顎の下で組みながらコチラを見る彼の目は、凪いだ海のようだった。

ビアンカはそんな彼の前に立ちすくんだまま、自分がここに来た目的を改めて、整理する。

「実は私、幼い頃に一度だけ彼……ルーカスに、会ったことがあるんです。父に連れられてきたセントリューズの晩餐会に出席する前、王宮内の庭園で、まだ少年だったルーカスと話をしました」

記憶の中の彼は手折られた薔薇の花を手に、今にも泣きだしそうな顔をしていた。

そんな彼を見たら、自然と引き寄せられるようにそばに寄っていたこと。

そして彼の手から、土のついた薔薇を受け取ったことだけはハッキリと覚えている。

「だから私は、ここに来るまでは彼のことを花好きの優しい青年だとばかり思っていたんです。でも、いざ彼と再会したら、彼は冷酷無情と言われる黒翼の騎士団……いえ、王立騎士団の騎士団長を務めていました」

真っ黒な制服に身を包むルーカス。不吉の象徴である鴉になぞらえて、黒翼の名を背負っていたこと。

彼がなにを考えているのかわからず、真っ黒な瞳を呆然と見つめるしかなかったこと……。

「最初は彼……ルーカスが、とても怖いと思いました。けれど彼と一週間……たった一週間ですが、一緒に過ごすうちに、少しずつ、私の中で心境の変化があったのです。彼は本当は冷酷無情なんかじゃない、心優しいままなのではないか……と、思い始めている自分がいて……」

騎士団長であるルーカスの顔と、自分の前で見せる顔。

ビアンカはルーカスと過ごした一週間を思い出し、思わず胸の前でギュッと両手を握りしめた。

本当の彼を知りたい。こんなにも彼のことをもっとよく知りたいと思うのは——どうしてなのだろう。

「噂とか、そういうことではない。彼をよく知る人から見た彼のことを、知りたいんです」

ビアンカの言葉を、オリヴァーはただ黙って聞いている。

「私は、ルーカスのことをもっとよく知りたい。もっともっと彼のことを知って、彼を理解し、いつかは……妻として、彼のことを支えたいんです！」

真っすぐにオリヴァーを見て言いきると、オリヴァーもまた静かにビアンカのことを見据えた。

それはなにかを考え込むようでもあり、ビアンカのことを試しているような目でもある。

ビアンカは思わずゴクリと息をのむと、胸の前で握った手に力を込めた。

今すぐこの場から逃げ出したい気持ちと、恥ずかしさですべてをなかったことにしたい気持ち。いろいろな感情が折り混ざって、心の中がグチャグチャだ。

だけどその中でもたったひとつ、ぶれないものがある。

自分は、ルーカスの妻であるということ。

だからこそ自分の夫である彼を知り、自分を愛しているという彼の気持ちに――ビアンカは応えたかった。

「……ビアンカ王女の気持ちは、よくわかった」

「え……」

「少し……思い出話をしてもいいかな」

しばしの沈黙を破ったのは、唐突に口を開いたオリヴァーだった。

彼はデスクの上に両肘をつき、自身の顎の下で長い指を組むと、どこかなつかしむように目を細める。

「思い出話、ですか？」

「ああ。実は私は、幼い頃は少々体が弱くてね。今はこの通り、なんともないが、子どもの頃はよく風邪を引いては、長いこと寝込んでいた」

「え……」

思いもよらない話に、ビアンカが目を見張る。

オリヴァーが病弱であったなど、清廉な雰囲気を持つ今の彼からはとてもじゃないが想像できない。

「私が風邪で寝込むたびに王宮内は慌ただしくなり、聞きたくない声が聞こえてきた。〝オリヴァーは、実はもう長くないのではないか〟〝もっと体の強い子に、王位継承権を与えるべきだ〟……と」

今、ビアンカたちのいる王宮内は、決して温和で心落ち着く場所とは言いきれない。

欲望と権力が、必ずどこかで疼《うず》いているのだ。誰が誰を蹴落として、誰がなにを得るのか。欲深い人間の野心は時に、人間の心を斬り裂く無情な剣となる。

「私が次期国王では、〝大国セントリューズの衰退も時間の問題だ〟とまでささやかれていた」

ただでさえ体調が悪く心細いときに、そんな声を聞いたら幼いオリヴァーはどれだけ傷つき、不安だっただろう。

彼のことを思うと、ビアンカの胸は痛んで、なんと返事をしたらよいのかわからなくなった。

「だけどルーカスだけは常に変わらず、私のそばにいてくれたんだ」

「え?」

「毎日毎日、隙を見てはベッドで寝ている私のところにやって来て、庭で取った花を見舞いにと持ってきてくれた。早くよくなるように願っていると、毎日毎日欠かさずに……」

デスクの上に視線を落とし、遠い昔を見つめるように目を細めたオリヴァーは、幸せそうに口もとを緩めた。

「もう長くはないかもしれないと弱音を吐く私に、ルーカスはいつも言っていたんだ。『兄上は必ず元気になるから大丈夫だ。大きくなったら自分が、国王である兄上を支える右腕になる。だから早く、元気になれ。必ず、約束だ』……と」

言いながら、そっと顔を上げたオリヴァーの視線の先には美しい装飾の施された一輪差しがあった。そこには真っ赤なバラが一輪、活けてある。

まるで幼い日のふたりの絆が、今も続いているのだということを示しているようで、ビアンカの胸の鼓動が、優しく穏やかな音を奏でた。

「ルーカスは、私の大切な弟だ。だからこそ、弟には誰よりも幸せになってほしいと願っている」

そう言って、薔薇から視線をはずしたオリヴァーの目が再びビアンカへと向けられる。

「先ほどのビアンカ王女の言葉……ルーカス自身に、聞かせたかったな」

「え……」

「ルーカスがなぜあの日、あんなにも強くビアンカ王女との結婚を私に申し出たのか、たった今ようやく理解できた気がするよ」

オリヴァーはやわらかに目を細めると、どこか感慨深そうにため息をこぼした。

一方ビアンカは、首をひねるばかりだ。

(ルーカスが、私との結婚をオリヴァー国王陛下に強く申し出た？)

これまで自分たちの結婚は、セントリューズとノーザンブルを繋ぐ政略的なもので、すべては国王同士が勝手に決めたものだとビアンカは思っていた。

「こんなことを今、ビアンカ王女に話すのは失礼だろうが……。実はビアンカ王女との結婚が決まるより以前にも、何度か、ルーカスには結婚の話は来ていたんだよ」

「え……」

「だけどね、どんなに美しい姫や気品あふれる姫が相手でも、ルーカスは絶対に首を縦に振らなかった。無理に話を進めるなら、次の戦で命を捨ててくるとまで言いだす頑固っぷりだ」

あきれたように笑いながら言われた言葉に、ビアンカは返す言葉を失った。

けれど、改めて考えてみたらごく当然のことなのだろう。

大国・セントリューズの第二王子ともなれば、同等か、それ以上の国のお姫様との婚姻話があってもおかしくない。

ビアンカの祖国、ノーザンブルは大陸内では下から数えたほうが早い小国だ。

だからこそ、セントリューズから突然の結婚話が来たことに、ビアンカの父である国王は驚いていた。

(それにしたって……結婚話を断るルーカスの言葉も、大概だけれど)

「そんなふうに、それまでどんな結婚話も頑なに拒絶してきたルーカスが、ある日突然、私のもとにやって来たんだ」

「ルーカスが……？」

「〝――後生《ごしょう》です、陛下。ノーザンブルの第一王女、ビアンカ・レイヴァに結婚を申し入れたい〟……と」

それまでさんざん、結婚話を突っぱねてきたはずのルーカスが、突然どうしてそんなことを言い出したのか。

「私としては、なぜ、ノーザンブルの王女なのだと疑問にも思ったが、弟には早く妃を……と思っていたからね。その上、後生だからとまで言われてしまったら、反対するという選択はなかったよ」

あきれたように笑うオリヴァーは、そのときのことを思い出しているのだろう。

「そしてルーカスは、私が結婚を許可し、ノーザンブル国王へと話をつけた直後に思わぬ行動に出た。騎士団の小隊を率いて、ある国へと向かったんだ」

「い、戦、ですか……？」

「いや、攻め入られようとしていたのは我が国ではない。もちろん、我が国がその国に攻め入る理由もなかったのだが……」

「え……」

「ビアンカ王女とルーカスの結婚が決まったからこそ、攻め入る理由ができたんだ」

その言葉に、ビアンカは以前、アンナから説明されたことを思い出した。

自分たちの政略結婚が急がれた理由。それはノーザンブルが隣国に狙われ、早急に対応する必要があったからだということ。

武力で勝る相手に攻め入られようとしていたところにタイミングよく、今回の結婚話が舞い込んできたのだ。

大国セントリューズがうしろ盾になってくれるなど、国王と祖国にとっては願ったり叶ったり。

そしてセントリューズはなぜか、結婚相手に第一王女のビアンカを指名し、譲らなかった。

セントリューズにとってはなにひとつ、プラスとなることのない結婚のようにも思えたのだが――。

「小隊を率いたルーカスは、敵の大隊をあっという間に撃滅させて帰ってきた」

その、ルーカスが攻め入った国が、ノーザンブルを狙っていた隣国だということは言われなくともわかった。

「ルーカスは剣の腕もセントリューズ一だが、頭もとてもよく切れるんだ。そうでなければ、強者揃いの王立騎士団を、あの若さで統率できるはずがない」

「……っ」

「そして、そんな男が唯一、自ら手を伸ばして欲したのがビアンカ王女、あなただ」

「そん、な……」

「あのルーカスが、そこまでなにかに執着するとは想像しがたいが……。こと、ビアンカ王女が絡むと別らしい。ビアンカ王女の祖国が狙われているという情報を聞きつけたとき、ルーカスはいったいどんな気持ちだっただろうね」

イタズラに笑ったオリヴァーを前に、ビアンカは高鳴る鼓動を抑えきれずにいた。

祖国、ノーザンブルが隣国に狙われたこと。セントリューズの持つ情報機関であれば、それを知るのは決して難しいことではなかったのかもしれない。

「もちろん、ビアンカ王女が敵国に奪われてしまう可能性だってあった。常に自分を押し殺し、冷静沈着に物事を判断する、あの弟が……。その情報を聞きつけたとき、自分の感情を抑えきれなかったのだと思うと兄としては少し、うれしくもある」

国王としては失格だが、と続けたオリヴァーは、やっぱりどこか楽しそうだった。

思い出すのはビアンカがセントリューズに嫁いできた日の夜のことだ。ルーカスと、はじめての夜を過ごしたときのこと。

『お前のことだけは、なにがあっても俺が守る』

『……ほかの男には、指一本、触れさせせはしない』

それは、小娘な自分をあしらうために彼が口にした体《てい》のよい言葉だと思っていたけれど。

そう言ったルーカスの言葉の通り、ビアンカは知らないうちに自分の祖国ごと、彼に守られていたのだ。

冷酷無情な騎士団長、ルーカス・スチュアート。

彼が唯一、私情を挟んで動くのはビアンカのことだけなのだと——たった今、改めてオリヴァーから教えられた。

「だからビアンカ王女は、これからもルーカスのそばで、気長に彼を知ってくれたらいいと私は思うよ」

ニッコリと、穏やかに笑うオリヴァーの目には弟を想う、兄としての優しさが滲んでいた。

「で、でも……」

「うん？」

「そもそもなぜ、ルーカスが騎士団長を務めているのですか？　ルーカスは国王陛下の実弟であり、第二王子ですよね。そんな彼がなぜ、危険な騎士団長を務めているのか、私には到底理解できなくて……」

弱々しく尋ねると、オリヴァーは一瞬、顔色を曇らせた。

たった今の今まで楽しそうに話していたというのに。予想外の反応をされ、ビアンカは思わず首をひねった。

「……それはビアンカ王女との結婚同様、王立騎士団には、ルーカス自身が志願したのだよ」

「え……？」

「理由は、本人から聞いたわけではないが、だいたいの想像はつく。そして、私のその想像は間違っていないだろう」

そこまで言うとオリヴァーは、悲しげにまつ毛を伏せて手もとへと視線を落とした。

（騎士団には、ルーカス自身が志願した？　まさか、この国一だという剣の腕を、国のために役立てたかったからとか、そんな理由？）

だとしてもどうして、国王を含む王族たちは、彼の行動を止めなかったのか――。

なぜ今、オリヴァーは悲しげにまつ毛を伏せるのか、ビアンカにはわからないことが多すぎた。

「今、私から話せるルーカスの興味深い話は、そんなところだ」

「え……」

「これ以上を私の口からビアンカ王女に話したら、きっとルーカスに怒られてしまう。何分、我が国の騎士団とそれを率いる騎士団長殿は非常に優秀だからね。敵に回すと怖いので、この辺でご容赦願いたい」

最後はふざけたように笑ったオリヴァーを前に、ビアンカはそれ以上、なにかを尋ねることはできなかった。

知れば知るほど、疑問も多く降り積もる。

けれど唯一、揺るがないことといえば、彼——ルーカスが、ビアンカを深く愛しているということ。

騎士団長、ルーカス・スチュアートが、唯一抱きしめ眠る相手が……ビアンカだということだけだった。

交わる熱と重なる手

「……まだ、寝ていなかったのか」

夜、部屋に戻ってきたルーカスはひどく疲れた様子だった。それもそうだ、時刻は深夜0時を回っている。

騎士団の黒いコートをカウチソファに投げ、彼は白シャツのボタンをふたつほどはずすと、ベッドの上で膝を抱えるビアンカを横目でとらえた。

月明かりに照らされた美しい黒髪。黒曜石のような瞳に見つめられると、つい息をするのも忘れてしまいそうになる。

「俺の帰りを待たずに、先に寝ていろと言っただろう」

ぶっきらぼうにそれだけを言ったルーカスは、まぶたにかかる前髪を無造作にかき上げ息を吐いた。

この一週間、ルーカスはどんなに遅くなろうとも、必ず、ビアンカの待つ部屋へと帰ってきた。

初めの頃、セントリューズの侍女たちに『どうして部屋がひとつしかないのか』と聞いたことがある。

いくら夫婦になったとはいえ毎夜同じベッドで寝るというのはあまり聞いたことがなく、夫がそういう気分になったときだけ……夫婦は同じ部屋で夜をともにするものだと思っていたからだ。

けれどビアンカの質問に、侍女たちは困ったように小さく笑った。

『ルーカス様からの、ご命令なのです。ビアンカ様と自分が過ごす部屋は常に一緒に、と、堅く申しつけられております』

それを言われたときにはすでに、ビアンカはルーカスからの愛の告白を受けた後だった。だからこそビアンカは、ただただ顔を真っ赤にして固まるしかなくて、侍女たちを困らせた。

アンナとは違う、事情を知らない侍女たちは、ルーカスとビアンカが毎夜、肌を重ねていると思っているのかもしれない。

「なんとなく……眠れなかったの」

ベッドの上で膝を抱えたままビアンカが応えると、ルーカスが動きを止めてコチラを見た。いたたまれなくなって視線を逸らしてうつむけば、彼がゆっくりとベッドに向かって歩いてくる。

「どうした。なにか、不安なことでもあるのか？」

ベッドの前で足を止めた彼は、そのまま静かにビアンカの隣に腰を下ろした。そうして、どこか不思議そうに、黙り込んでいるビアンカの顔を覗き込むと眉根を寄せる。

「なにかあるなら、話を聞く」

優しい、声。淡く光る月明かりのように穏やかで、優しい音色だ。

思わず顔を上げると真っすぐに自分へと向けられた綺麗な瞳と目が合って、ビアンカはなぜだか無性に泣きたくなった。

「なぁ、なにがあった」

時刻は深夜0時過ぎ。職務を終えて帰ってきたルーカスは疲れきっているはずなのに、こうして自分を気遣ってくれている。

サラリと揺れた艶のある黒髪の隙間から長いまつ毛が瞬いて、キャンドルライトが淡い光の粒となって黒い瞳に映り込んだ。同時に彼の男らしい長い指が伸びてきて、ビアンカの目にかかる前髪を優しく除ける。

「ビアンカ？」

名前を呼ばれただけなのに、胸が震えた。

ついルーカスに手を伸ばしたくなって、ビアンカは膝を抱えた腕に、ギュッと力を込めて息を吐く。

「……ルーカスは」

「……ああ」

「私の祖国を、助けてくれたの？」

ビアンカの問いに、ルーカスが黙り込む。

「わ、私の国を助けるために、私との結婚を決めたの？」

続いた声は、彼女自身もわかるほどに震えていた。

それでも真っすぐにルーカスを見つめるビアンカの目は、今日も曇りのないヘーゼルの光を宿している。美しいその瞳が見る者を虜にするのだと、ビアンカ自身は気づいていない。

「オリヴァー国王から聞いたの。ルーカスが、ノーザンブルに攻め入ろうとしていた国の軍隊を撃滅させたって」

「……」

「私、そんなことなにも知らなくて、ルーカスに今日までお礼も言えないままだった。なにも知らずに、ただのんきにこの部屋で笑ってて……ルーカスにも、ひどいことを言ったわ……」

ビアンカは昼間オリヴァーの話を聞くまで、祖国はセントリューズというう しろ盾を得たことで、自然と守られるものなのだと思っていた。

けれど実際は、ルーカスたち騎士団が直々に動いて敵国の軍を鎮圧してくれたのだ。

自分はいったいどれだけ世間知らずでのんきに生きていたのだろう。

今日まで自分が彼に生かされてきたのだということにも気づかず、彼の好意を無下にしていた。

「ありがとう、ルーカス。私の祖国を救ってくれて。私のお父様と、愛する国民を救ってくれて……本当に本当に、ありがとう」

そこまで言うと、ビアンカは右手をルーカスの左手に重ねた。

彼の大きな手を小さな手で包み込むことはできず、ビアンカは自ずと彼の長い指をキュッと掴んでからルーカスを見上げる。

「私、ルーカスのためならなんでもする。ねぇ、私は、ルーカスのためになにができる？　妻として、あなたにできることがあるなら精いっぱい務めるから。だから――」

「俺がお前に願うことは、ただひとつだ」

「……え？」

「生涯、俺のそばを離れるな」

「……っ‼」

「妻として務めるのではない。お前自身が、それを望め」

ギシリ、と。ベッドのスプリングが大きくうなったと同時、ビアンカは真っ白なシーツの上へと押し倒された。

波打つように広がるブロンドの美しい髪。

ビアンカを組み敷いたルーカスは、彼女を見てそっと目を細めると、再び静かに口を開く。

「それと、お前はなにか、勘違いしているようだが……」

「え……？」

「俺はノーザンブルを救うために、お前に結婚を申し入れたわけではない。お前の父と祖国の民のことなど、この俺が知ったことか」

吐き捨てるように渡された冷たい言葉に、ビアンカの肩が小さく揺れる。

「ノーザンブルを隣国の王が狙っているという情報を聞きつけたとき、俺がいったいどういう気持ちだったかわかるか？」

「ルーカス……？」

「やっと、この時が来た。お前を――ビアンカを手に入れる時が来たのだと、喜びで、胸が震えた」

「んん……っ！」

言葉と同時、ルーカスはビアンカに噛みつくようなキスを落とした。

ビアンカが思わず彼の着ているシャツを握ると、いっそうキスが深くなる。

「んん……っ、ふ、」

何度も角度を変えては奪われる唇に、ビアンカはついていくだけで精いっぱいだった。

それでも必死に応えなければと思うのは、彼の熱情がたしかに、ビアンカの心へと流れ込んできたからだ。

応えたい、受け止めたい。そんな彼女の健気さに気がついたルーカスの胸には、ビアンカに対する言いようのない愛しさばかりがあふれ出す。

「……俺は、お前を救うために動いたわけじゃない」

ぽつり、と。吐息も交わる距離で、ふたりの目が合う。

「俺は、お前を……ビアンカが二度と俺のそばを離れることのできないタイミングを狙って、動いたんだ」

「……っ」

「この先、なにが起きようとお前が、俺から離れることのないよう。俺がどんな男か知っても――決して、離れられないようにな」

「あ……っ」

言いながら、ビアンカの首筋をなぞったルーカスの手は、氷のように冷たかった。

思わず身をよじれば手首を掴まれ、真っ白なシーツへと縫いつけられる。

「だからもう、お前は俺から逃げられない」

「や……っ、ルーカスっ」

「どんなに抵抗しようが無意味だ。お前の声は、俺の欲を煽《あお》るだけだからな」

「……ん、んっ」

ルーカスの唇が、ビアンカの首筋へと落とされる。甘い痛みに思わずギュッと目を閉じると、まぶたの奥で彼が小さく笑っていた。

ビアンカを手に入れるために、ビアンカの祖国である、ノーザンブルを救ったルーカス。

（本当に、私さえ手に入れば、ほかのものはどうなってもかまわないと思っていたの？　彼は身勝手で傲慢な――冷酷無情な、騎士団長？）

「お前という褒美がなければ、最初から動くつもりなどなかった」

「……や」

「お前さえ手に入れば、あとはどうなろうがかまわなかった」

言葉と同時、ルーカスの冷たい手がビアンカの太ももを甘美になぞった。

甘い刺激と誘惑に、ついビアンカの体が小さく震える。けれど、どんなに無情に思える言葉を投げられようとも、ビアンカは決して彼から逃げようとは思わなかった。

「……嘘、つき」

ビアンカがぽつりとこぼすと、彼女の手首を掴むルーカスの指がピクリと震えた。

「本当は全部……守ってくれたくせに」

「なにを言って……」

「きっとあなたは、私が願えば願ったすべてを守ってくれた。私が、悲しむことのないように。私の心を……守ってくれる」

閉じていたまぶたをゆっくりと開くと、ビアンカの目には驚き固まるルーカスの顔が映った。

「あなたは、とても気高く、心の美しい人」

どうして今、ビアンカはルーカスのことをそんなふうに思ったのかはわからない。

けれど不思議と、ビアンカには確信があった。

ルーカスは、ビアンカを手に入れるために彼女の祖国を守ったのだと言ったけれど。

きっと彼は、ビアンカが手に入らずとも、彼女と彼女の祖国を守ってくれていただろう。

「ルーカスは……冷酷無情なんかじゃない」

「……」

「だって、手折られた一輪の薔薇にさえ、慈悲をかける人だもの」

そこまで言ったビアンカは穏やかに目を細めると、ルーカスを見上げて微笑んだ。

記憶の中の、小さな少年。彼は今も、ビアンカの心の中にハッキリと焼きついたままなのだ。

「……覚えていたのか」

ぽつりと、それだけを言ったルーカスは、口を噤んで眉根を寄せた。

それは、不愉快だと言っているようにも見えるけれど——ビアンカには、彼が照れているように見えておかしくなる。

「ふふっ」

「……笑うな」

「だって、なんだかうれしくて」

ビアンカは、なんとなく、ルーカスという人を知れたような気がしてうれしくなった。

彼と過ごすこの部屋の中で、彼のことを心の底から怖いと思ったことは一度もない。なぜなら彼は常にビアンカに優しく、温かかったから。

たしかに彼は、冷酷無情な騎士団長なのかもしれない。だけどビアンカを見る彼の目はいつだって真っすぐで、一途だ。

「それなら、あのとき交わした約束も、覚えているな」

「約束？　あの薔薇を、綺麗に咲かせるという話？」

ビアンカが首をかしげると、ルーカスは訝しげに眉根を寄せた。

「……違う。まさかお前、そこは覚えていないのか？」

「ええ……？」

「あの後、俺たちは庭園で話しているところを晩餐会に招かれていた他国の王子に見つかった。そいつに薔薇を奪われたお前が泣きだして、一向に泣きやまないから、俺は――」

と、そこまで言ってルーカスは、ふと、言葉を止めた。

そして再び訝しげに目を細めると、あきらめたように息を吐く。

「……いや、やっぱりいい」

「ええ⁉　そこまで言われたら気になる！」

「忘れているお前が悪い。思い出せないなら一生気にしていろ。バカみたいに毎日、そのことばかり考えていたらいい」

イジワルな物言いに、ビアンカは思わず頬を膨らませた。

（教えてくれたっていいじゃない。別に減るものじゃないし、むしろ教えてくれたほうが夫婦としての仲も深まるかもしれないのに！）

「……ルーカスって、案外子どもみたいね」

「なに？」

「好きな子をイジメて楽しむタイプでしょう？　そんなんじゃいくら容姿が整っていても、女の子にはモテないんだから――ひゃっ⁉」

「別にいい」

そのとき、ルーカスの手が、唐突にビアンカのネグリジェの裾を持ち上げた。

不意をつかれて小さく悲鳴をあげたビアンカは、オロオロとしてから彼を見上げる。

「ル、ルーカス⁉」

「お前以外の女には興味がないしな。それに、自分が好きな女をイジメて楽しむタイプかどうかは、これから確かめる」

「や……っ」

あらわになった太ももを手のひらでなでられて、ビアンカの体が素直に跳ねた。

反射的に身をよじったけれど、ルーカスに組み敷かれているせいで逃げることは叶わない。

「お前は、俺のためなら、なんでもするんだろう?」

「や、ぁ……」

「俺の妻として、できることは精いっぱい務めると言ったよな?」

そっと、ルーカスの長い指がビアンカの体を優しくなぞった。

背中を反らせると、見上げた先にいる彼は楽しげに口角を上げる。

「毎夜、拷問でも受けているような気分だった」

それはどこかで、聞かされた言葉だ。

「愛おしい女が腕の中にいるのになにもできないなんて——生殺しも、いいところだ」

「……ん、っ」

ビアンカのまとうネグリジェの裾から伸びた白い脚に、ルーカスはそっと口づけた。

そのままゆっくりと昇ってきた唇は、丁寧にビアンカの体を愛でていく。

「ダメ……ッ、それ以上は……ルーカス……っ」

「そんなかわいい声で鳴いておいて、よく言う」

「んん……っ、やぁ……」

「本当に嫌だというなら、もっと本気で抵抗してみせろ。本当に嫌なら、もっと俺を拒絶しろ」

月明かりに照らされて妖艶に笑うルーカスは、今まで見たどんな彼よりも美しく、凄艶《せいえん》だった。

まるで、神様がつくった芸術品。

唇から覗く赤い舌がビアンカの体を這うたびに、触れられたそこが甘く痺れるような熱を持って、指先が震えた。

「ビアンカ……お前が本気で嫌がるなら、俺は、これ以上は強要しない」

けれど意識が遠のきそうになったとき、彼の甘いささやきが耳の奥でこだました。

そっとまぶたを開けばなぜか余裕をなくしたようなルーカスの黒い瞳と目が合って、言いようのない感情がビアンカの胸いっぱいにあふれ出す。

「お前の泣いてる顔を見たくはない。だから、無理だと言うならこれ以上は――」

「やめ、ないで……」

「ビアンカ……？」

「私……ルーカスのこと、もっと知りたい。だからお願い、やめないで……」

自然と、口から言葉がこぼれ落ちていた。ビアンカの顔は今までにないくらいに羞恥の色に染まっている。

恥ずかしさに耐えきれず、乱れたシーツをビアンカが口もとへと引き上げると胸もとには赤い執着の花が咲いていた。

いつの間に――と思ってビアンカが上目遣いでルーカスを見上げると、なぜか視線の先の彼は彼女を見下ろしたまま固まっている。

「ル、ルーカス……？」

「……っ」

うかがうように彼の名前を呼んだ瞬間、ルーカスの顔がパッと赤く染まった。

予想外の反応にビアンカが目を見開くと、彼は片手の甲で自分の口もとを隠し、眉根を寄せる。

「なんなんだ……」

「へ……」

「突然、かわいいことを言うな」

「ルーカス……」

ドキドキと、早鐘を打つように高鳴る鼓動。ビアンカがキョトンとしたまま彼を見上げていると、ルーカスは自身の髪をかき上げた。

「お前はいったい、俺をどうしたいんだ」

「……っ」

「お前といると、調子が狂う」

ついにこらえかねたような息を吐いたルーカスは、ビアンカの額に額をのせて目を閉じた。

けれどすぐに、ゆっくりと、まぶたを持ち上げたかと思えば美しい黒の瞳にビアンカの姿を映す。

「愛している、ビアンカ」

紡がれたのは、熱い愛の言葉だ。

「もう、お前以外は見えない。大切にする。なにがあっても——この先、なにが起きようとも、お前のことは俺が守る」

ルーカスからの情熱的な愛の言葉に、ビアンカはただただ真っ赤になって彼を見上げているしかなかった。

ドキドキと高鳴る鼓動の理由も、今ならわかる。

(ああ、私。私は彼が——彼のことが、愛おしい)

たった一週間。それでも恋に落ちるには十分で、愛を交わすにはまだまだ時間が足りなくて、わずかな距離も、もどかしかった。

ルーカスに触れたい。ルーカスを知りたい。

もっともっと、彼に触れてほしい。

「今日は朝まで、寝かせない」

「……っ!」

「むしろ明日も明後日も……夜は、寝かせてやれないだろう」

「ちょ、ちょっと待って、ルー——っ!」

たった今、心の中で覚悟を決めたばかりのビアンカだったが、唐突なルーカスの宣言に目を見張った。

けれどルーカスの宣言通り、その日の夜は、ビアンカが生きてきた十七年という年月の中で一番長い夜となった。

「ビアンカ……お前が、愛おしい」

繰り返される、愛の言葉。

まぶたを閉じても鮮明に映る彼の体は逞しく妖艶で、そしてなにより温かかった。

「ひと晩中、俺の腕の中で鳴け」

「や、ぁ……っ、も、ダメ……ッ」

「力を抜いて、俺にすべてを委ねろ」

はじめて知る、互いの熱。甘い痛み。

何度も何度も鳴かされては揺らされる闇の中、温かく大きな手が、小さな手を導くように強く、優しく包んでいた。

嫉妬と涙と恋心

「まさに、獣ですね」

春は瞬く間に過ぎ去り、揺れる新緑がセントリューズに初夏を知らせた。

美しく整えられた庭園の見える一室。そこでティーセットを手もとに並べ、今日も主を相手に淡々と毒を吐くのはアンナだ。

「獣って、仮にも仕えている主の夫に対してその言い方はないでしょう……」

「では、野獣とでも言ったほうがよろしいですか？」

「どちらでも、変わらないじゃない！」

「そうですね。獣でも野獣でも、ルーカス様がビアンカ様を毎夜寵愛している事実は変わりません」

平然と言ってのけたアンナを前に、ビアンカは思わず赤面した。

ビアンカがセントリューズに嫁いできて早二ヶ月半。

夫であるルーカスがビアンカを寵愛しているのは、今や王宮内に仕える者たちの中では周知の事実だ。

「冷酷無情な騎士団長に嫁いだ妃は、よほど、男を魅了するものを持っているのだと。そんな、根も葉もない噂すら流れているほどです」

「根も葉もない、は、余計でしょう！」

ビアンカが怒っても、アンナはなんのその。

だけどまさか、そんな噂が王宮内で流れているのかと思うと、ビアンカはどうにもいたたまれなかった。

それもこれもすべて、ルーカスのせいだ。

ルーカスは、はじめてビアンカと肌を重ねてからというもの宣言通り、毎夜、ビアンカを抱きつぶした。

いつの間にか眠ってしまい、気がつけば朝……なんてことも、ざらにある。

ルーカスが朝方ベッドから出たことにも気づかずに、アンナが起こしに来るまで死んだように寝ていたこともあった。

さすがに毎晩はつらいとルーカスに訴えてみたのだけれど、彼は『お前が誘うのが悪い』とビアンカの訴えを一蹴し、聞く耳を持ってはくれなかった。

（なにが、お前がいいと言うまで待つよ。いいと言った途端にこんなことになるなんて、聞いてないわ……）

けれどかく言うビアンカ自身も、いざ、ことが始まってしまうと彼の甘さにほだされて、本気の抵抗ができなくなってしまうのだ。

ビアンカの前でのみ見せるルーカスの甘い表情は、普段とのギャップも相まって中毒性があった。

「毎夜、飽きずに夜をともになさっているのですから。国王よりも先に、ルーカス様にお子ができるのではないかと噂をし、賭けまでしている輩もいるほどです」

「でも……そもそもオリヴァー国王陛下は、ご結婚すらされていないわよね？」

「はい。それがまた、この王宮の七不思議のひとつで……。なんでもオリヴァー国王が、かたくなに結婚を拒否しているらしいのです」

「オリヴァー国王陛下が……」

アンナの言葉に、ビアンカは以前、国王執務室でオリヴァーと話をしたときのことを思い出した。

オリヴァーは聡明なだけではなく気品に満ちあふれ、弟であるルーカスに負けず劣らずの美貌の持ち主だ。

その上、大国セントリューズを統べる国王ともなれば、我こそが彼の妃に……と名乗りを上げる者も多いだろう。

王宮内でも国王に早く妃を、という声も多いはず。

（どうして、オリヴァー国王はかたくなに結婚を拒否しているのかしら……。もしかして、幼い頃に病弱だったことが関係しているの？）

だとしても、国王が妻を娶らないというのはよほどの事情があるに違いない……と、ビアンカは首をひねるばかりだった。

「オリヴァー国王陛下は男色ではないか、だから次の国王はルーカス様のお子ではないか……なんて噂も、実は以前から侍女の間でささやかれていたようですが」

「だ、男色⁉」

それはまた、突拍子もない噂がささやかれているものだ。

「結局、弟君であるルーカス様のほうが先にご結婚されましたし。そんな状況だからこそ、ビアンカ様たちの夜の噂が、こんなにも王宮内を賑わせるのですよ」

「ハァ……」

ビアンカは思わず頭を抱えてうなだれた。

現国王オリヴァーが結婚を拒み、世継ぎのいないこの状況でビアンカが身ごもれば、王宮内はいい意味でも悪い意味でも、賑わいをみせることは間違いない。

「だけど、だからってこんなにも早く、私とルーカスの夜の噂が広がるなんて……なんだか、変な感じだわ。プライバシーもなにも、この王宮にはないのね……」

「まぁ、それはたしかにそうですね。ですが、あのルーカス様に関することですから、余計に噂が広がるのが早いのでしょう」

「どうして?」

「ルーカス様は、あの人並みはずれた容貌のせいで女性からは注目の的です。そして男性たちからは剣の腕と騎士団長というお立場、なにより英雄と呼ばれる彼を憧れの目で見るものは多いですから」

「はぁ……」

今度は思わず、ビアンカの口から感嘆の息がこぼれた。

今さらながら、ルーカスのすごさを思い知る。

改めて考えてみてもどうして彼が自分を妻に選んだのか……ビアンカはルーカスを知れば知るほどに、疑問が募る一方だった。

「それにしてもなんで、同じようにシているはずなのに、ルーカスはあんなに普通なの……?」

けれど考えても考えても答えにはたどり着かないのだ。

カウチソファに横たわりながら、いまだに体に残る熱を抱えてビアンカはひとり、深いため息をついた。

目を閉じるとまぶたの裏に映るのは、今朝、何事もなかったように部屋を出ていった、ルーカスの姿だ。

今朝だけではない。夜通しビアンカを抱いたルーカスは朝になると必ず、なに食わぬ顔で騎士団の制服を着て出かけていく。

本当なら、ビアンカよりも疲れていておかしくないのに——というのは、夜をともにしているビアンカなりの見解である。

「さすが、騎士団長様というところでしょう。これも日頃の鍛錬の賜物なのでは?」

そうだとしたら、鍛錬の方向が間違っている。

毎度毎度、サラリと言ってのけるアンナを前に、ビアンカは頬を赤く染めてうつむくしかなかった。

脳裏に浮かぶのはいっさい無駄のない、筋肉質な体となめらかな肌。

腕や腰には小さな切り傷こそあれど、女のビアンカが見とれるほど美しい体だ。

彼が吐息をこぼすたびに上下する喉仏。首筋を伝う汗とビアンカを射抜く目はいつだって獰猛な、男の色に染まっていた。

初めこそビアンカも、強い痛みのせいで彼を観察する余裕はなかったけれど、二ヶ月経った今では甘い快感に溺れながらルーカスの表情を盗み見ることもできた。

　時折ビアンカを見て微笑む彼が色っぽく、目が合うだけで体の芯が甘く震えることも――。思い返せば思い返すほど、心臓に悪いことばかりだ。

　けれどいつだって、そんなふうに感じているのは自分だけではないのかと、ビアンカは不安だった。

「ルーカスは……私で満足、できているのかな？」

　彼についていくのが精いっぱいで、所謂《いわゆる》、物足りなさみたいなものをルーカスは感じていないだろうか。

　体を重ねる以前は重ねること自体に悩み、いざ重ねたら重ねたで新たな不安が出てくるものだ。

　そしてビアンカがそんなふうに思ってしまうのも、ビアンカ自身もルーカスに惹かれているからこそであるということに、鈍いビアンカは気づいていなかった。

「愚問でしょう」

「へ？」

「満足できないのなら、毎夜、ビアンカ様の意識がなくなるまで抱きませんよ。むしろ、よすぎてルーカス様は我慢のストッパーみたいなものが壊れてしまったのでは？」

「……っ」

再び恥ずかしげもなく言い放たれたアンナの言葉に、ビアンカは今度は耳まで顔を赤く染めた。

今はまだ、太陽の昇る昼間だというのに明け透けに言ってのけるから大物だ。

(今の言葉をルーカスが聞いたら、失礼なアンナのことを容赦なく斬り捨てそう……)

「い、今さらだけど、アンナって、実は結構恋愛経験も豊富なの……?」

思わず尋ねたビアンカを前にアンナは意味ありげに微笑むだけで、いなしてしまう。

「そんなことより今日は、近隣諸国の王族たちが集まる晩餐会なのですから。いい加減、シャキッとしていただかなければ困りますよ」

その上、話まで切り上げられて、ビアンカはそれ以上を追求することはできなかった。

「もうすぐ女官たちがまいりますゆえ、腰が怠いなどという弱音は胸の内にお仕舞いください。今日は長い戦いになるのですから」

「う……っ、わ、わかっているわ」

アンナの叱責に、ビアンカは思わず胸を押さえてうなだれた。

今日はこれからセントリューズの王宮で、盛大な晩餐会が開かれる。

招待されているのは近隣諸国の名の知れた王族ばかりだ。

セントリューズに嫁いできてから一番と言っていいほどの大きな催しに、ビアンカは心なしか緊張していた。

「精いっぱい、粗相のないように努めるから……」

ぽつりとこぼした言葉に、アンナが大きくうなずいた。

晩餐会で粗相でもして、やはり小国……ノーザンブルの王女はこれだから困るとでも思われたら祖国の名誉に関わる。

なにより、ビアンカは自分が失敗をすることでルーカスの顔に泥を塗るのだけは絶対に避けたいと考えていた。

「アンナはただ、晩餐会が無事に終わることを願っておりますよ」

窓の外は生憎の曇り空。

しばらくもしないうちに賑わいを見せるであろう王宮を想像したビアンカは、肩を落としてから小さく、ため息をついた。

「く、苦しい……」

きつく締められたコルセット。コレでもかというほど輝きを放つ、きらびやかな宝石たち。

ビアンカは婚儀の日を思い出し、へきえきしながら眉根を寄せた。

「ビアンカ様、大変お似合いですよ！」

笑顔でそう言いながら、うっとりと頬を染めるのはドレスを持ってきた女官だ。

彼女は両手を合わせて、感嘆の息までこぼしている。

「あ、ありがとう……」

精いっぱいの笑顔で応えてみたが、うまく笑えている自信がない。

ビアンカのために用意されたのは、淡いエメラルドグリーンのかわいらしいドレスだった。

ヒラヒラと揺れるレースやシフォンが美しく、細やかに施された金糸の刺繍が華々しさも演出してくれている。

緩くウェーブのかかったブロンドの髪はうしろで結われ、どの髪留めを使おうかと女官がいまだに決め兼ねているところだ。

「でも……なんだか、不安しかないわ……」

鏡の前に立ちながら、今日何度目かもわからないため息をつくと、心には憂鬱の塊が落ちてきた。

これから何時間も、重いドレスとコルセットに締めつけられながら過ごさなければいけないなんて拷問でしかない。

なにより、嫁ぎ先の異国の地で下手な失敗は許されないという状況が、余計にビアンカの心を重くしていた。

「大丈夫ですよ。こんなにかわいらしい妃が隣にいたら、ルーカス様もさぞかし鼻が高いと思います」

「えっ」

「まるで、春の女神のようです。皆様、ビアンカ王女に会えるのを楽しみにしていらっしゃいますよ」

思いもよらないフォローをしてくれた女官の言葉に、ビアンカの頬が赤く染まった。

ルーカスは鼻が高い……そう言ってもらえるのはお世辞でも、うれしい。

つい返事に困って固まっていると、うしろに控えていたアンナがフッと意味深な息を吐いた。

「馬子にも衣装です、ビアンカ様。どうか、この美しいドレスに恥じない行動をなさってください」

（……いい加減、この失礼な侍女を解雇してもいいかしら）

アンナの言葉に別の意味で顔を赤くしたビアンカは、フンッ！と鼻を鳴らすと改めて、鏡の中の自分に向き直った。

「アンナ、見てなさい。ノーザンブルの名に恥じぬよう、さらにはルーカスの顔に泥を塗らないよう堂々と振る舞ってくるから」

こうなればもう、やけくそだ。

「ええ、それはもう、お手並み拝見でございます、姫様」

大袈裟に両手を広げたアンナには、主を敬うという心はないのだ、絶対。

たかが、晩餐会。されど、晩餐会。

ノーザンブルでも何度もゲストをお迎えしたことはあったたし、その通りにやれば失敗なんてしないはず。

いつも通り。王女らしく振る舞えば、きっと、どうにかなるはずだ。

いいえ、絶対どうにかしてみせると、ビアンカはとうとう開き直った。

「――ビアンカ様、お支度は整いましたでしょうか」

と、ビアンカが再びフンッと鼻を鳴らした直後、突然、部屋の扉が叩かれた。

弾かれたように振り向くと、再度、扉の向こうから聞き慣れた声が投げかけられる。

「本日、王宮内の警備の責任を任されました、ジェドでございます。ご挨拶にまいりました」

「ジェドさん？」

女官のひとりが扉を開けると、王立騎士団の団員でありルーカスの部下であるジェドが部屋の前に佇んでいた。

今日も騎士団の黒い制服に身を包み、スッと背筋を伸ばして立つ彼は清廉かつ精悍で男らしい。

「失礼いたします」

けれど、そう言って深く頭を下げたジェドのうしろにもうひとり――見知った顔を見つけて、ビアンカは目を見開いて固まった。

「お忙しいところ、申し訳ありません。ジェドがビアンカ様のお部屋にまいるとのことでしたので、一緒にご挨拶をと思いまして」

言いながら、大袈裟に両手を広げてジェドの前に出たのは前宰相アーサーだった。

今日もツルンと光る頭と、でっぷりとしたお腹が苦しそう。

この後、近隣諸国の王族たちを迎えることを意識したのか、彼もいつもよりも格別派手な衣装に身を包んでいた。

（ジェドさんと一緒に、私に挨拶を……？）

かくいうビアンカは、アーサーの言葉に疑問を覚えずにいられない。

なぜ、王太后の腰巾着であるアーサーが、ルーカスの妻である自分のところに挨拶に来ようなどと思ったのか。

けれど、それを口にするより先にアーサーが感嘆の声をあげ、ビアンカの疑問は声にする機会を奪われた。

「おお、ビアンカ王女、なんとお美しい……！　こんなにも美しい姫は、見たことがありません！」

「え……」

「さぞかし、ルーカス様も鼻が高いでしょう。本当に、まぶしい春の女神のようです！」

「きょ、恐縮でございます……」

慌てて立ち上がったビアンカは、着せてもらったばかりのドレスの裾を持ち上げて、精いっぱい品よく頭を下げた。

こういうとき、なんと返事をするのが正解なのか、いまいちわからない。

ビアンカはノーザンブルにいた頃から主に失礼なアンナの言葉ばかりを受けてきたせいで、褒められることに慣れていなかった。

そう考えるとビアンカはずいぶん、心が広い。侍女にけなされることに慣れている王女なんて、世界中どこを探してもなかなかいない。

「ルーカス様が、このようにお美しい妃を娶られたこと、このアーサーも改めて大変うれしく思います。お忙しいルーカス様も、愛おしい姫が自分の帰りを待っていると思えば、多少は羽を休める気にもなりましょう」

ニッコリと微笑むアーサーは、あの冷たい王太后と本当に懇意にしているのかと疑いたくなるほど穏やかだった。

以前、対峙したときは王太后を挟んでしか彼を見ることはできなかったが、あのときもアーサーは、ルーカスを侮辱する王太后のことを必死に止めようとしていたのだ。ともすると彼は、国王オリヴァーのようにルーカスを想っている人間のひとりなのかもしれない。

「あの、アーサー様。以前は大変失礼いたしました。私、王太后様に、あんなことを言ってしまって……。アーサー様にも、ご迷惑をおかけしたのではないかと思いまして、その……」

ビアンカが眉を下げて謝ると、アーサーはカラカラと笑ってみせた。

「焚きつけたのは王太后殿のほうですから。ビアンカ様が気にすることなど、ありませんよ」

やはり、アーサーは心根の優しい人なのだ。

そう思ったビアンカがホッと息を吐くと、アーサーはそんな彼女を見て緩やかに目を細めた。

「それにしても、これはルーカス様が心配されるのも仕方がない。今日はとくに……心配も大きいはずだ」

「ルーカスが心配を？」

思いもよらない言葉にビアンカが目を丸くすると、アーサーはあきれたように肩をすくめた。

ルーカスが心配している……というのは、いったいどういうことなのか。

もしかしてビアンカが晩餐会で粗相をしないか、心配しているということか。

「なぁ、ジェド。そのあたりは問題ないのだな？」

自分のうしろに控えていたジェドに、唐突に言葉を投げたアーサーは、小さな目をそっと細めてジェドの様子をうかがった。

「はい、その点はご心配いりません。本日の晩餐会では、我々王立騎士団が通常の二倍以上の人数で王宮内外の警備にあたりますので、どうかご安心して晩餐会をお楽しみください」

「本当だろうな。私もビアンカ王女になにかあっては心配だ。あとで今日の警備配置について詳しく聞かせてもらおう」

「は、はい。わかりました」

うやうやしく頭を下げたジェドを前に、ビアンカは首をひねるばかりだった。

王宮内の警備が通常の二倍以上とは……名だたる国の王たちが集まるのなら当然のことなのかもしれないけれど。

それとルーカスがなにかを心配していることと、いったいどう関係があるのだろう。

「お忙しいところ、お時間を取らせてしまい申し訳ありませんでした。それでは私は、これで失礼いたします」

言いながらアーサーは、軽く会釈をしてからさっさと部屋を後にした。

結局、彼はなにをしに来たのだろう。本当にただ気まぐれで、ビアンカに挨拶をしに立ち寄っただけなのか。

「ジェドさん、あの……」

ひとり残されたジェドの背中に声をかけると、ジェドはハッとしてからビアンカへと目を向けた。

「あ……はっ、はい！」

そうして数秒見つめ合ったのち、あっという間に頬を赤く染めると、オロオロとしてから目を逸らす。

思いもよらない反応にビアンカが首をかしげると、ジェドは困ったように小さく微笑み、頬をかいた。

「も、申し訳ありません、ビアンカ様があまりにお美しいので、目のやり場に困ってしまって」

あどけない少年のような物言いに、ついビアンカまでつられて赤くなった。

やっぱり自分は、褒められることに慣れていないのだ。

お世辞だとわかっていても、どうしても照れてしまい、返す言葉に詰まってしまう。

「あ、ありがとうございます……お世辞でも、うれしいです」

「お世辞だなんて……！　自分は本当に、ビアンカ様がお綺麗だと思ったから言ったのです！　団長もさぞかし、お喜びになられると思いますよ！」

「え……」

ルーカスの名前が出てビアンカの胸の鼓動がトクンと跳ねた。

（そうだ、ルーカス……。ルーカスは今の私を見たら、なんと言うかしら……）

つい押し黙ったビアンカを前に、ジェドがコホンと小さく咳払いをしてから、再び静かに口を開く。

「本日は、自分が騎士団の警備の総指揮をとるよう申しつけられております。なにかあればすぐに対処いたしますので、なんなりとお申しつけください」

「ジェドさんが？」

「はい。それと団長の命令で、今日はビアンカ様には常に護衛がつくことになっておりますので。自分はそれをお伝えするために来たのですが、その途中でアーサー様と鉢合わせまして……。お支度でお忙しいときに、大変失礼いたしました」

そう言うと、ジェドは深々とお辞儀をしてから部屋を出ていこうとした。

「あ、ジェドさん、ちょっと待って！」

彼を慌てて引き止めたビアンカは、まだほんのりと頬を赤く染めたまま、背の高いジェドを見上げる。

「はい、どうされましたか？」

「え、と……あの、ルーカスは今、どこにいますか？」

ビアンカの言葉に、ジェドの眉がピクリと動いた。

「団長……ですか？」

「はい。晩餐会まであと二時間なのに、彼の姿を見かけていないので……」

つい、語尾が小さくなったのは、婚儀の日のことを思い出したからだ。

ビアンカがセントリューズに嫁いできた日、ルーカスはビアンカを迎えてくれるどころか山賊討伐のために出張っていた。

まさか今日も、騎士団の職務のために席をはずすとなれば諸外国の王族たちに失礼にあたるだろう。

なにより、自分ひとりだけで晩餐会に出るというのは、ビアンカは情けないと思うものの、なんだかとても心細かった。

「団長なら多分、中央庭園にいらっしゃるかと思います」

「中央庭園に？」

「はい。すでにお支度をすませ、そちらへと向かう姿を先ほど見かけましたので」

ジェドの言葉にビアンカは思わず胸をなで下ろした。

さすがの騎士団長様も、今日はセントリューズの第二王子という立場に腰を据えてくれるらしい。

今日はジェドが警備の総指揮をとると言っていたのも、騎士団長であるルーカスが晩餐会に、王子として出席するためだ。

「ありがとうございます。行ってみますね」

ビアンカがニッコリと微笑むと、ジェドはほんの少し寂しげに微笑んでから部屋を後にした。

その姿を、なんだか不思議に思いながら見つめていると――。

「……禁断の恋、でしょうか」

「ひゃあっ⁉」

不意に、背後から侍女のアンナに声をかけられた。

「き、禁断の恋⁉」

弾かれたように振り向くと、すぐ真うしろに見慣れたアンナの顔がある。

あまりの近さにビアンカがギョッと目を見開くと、アンナは悪だくみをするように含み笑いをしてからヤレヤレと首を横に振った。

「ビアンカ様は、罪な女です」

「つ、罪……？」

「罪な女は時に……男を蛇の道へと駆り立てるのですよ」

意味がわからないとばかりに首をかしげるビアンカだったが、なぜだかアンナだけは憂いを帯びたような笑みを浮かべていた。

晩餐会まで、あと二時間。もうすぐにでも、王宮内は慌ただしくなるだろう。

今日の夜は、長くなる。ルーカスの妻となってからはじめて迎える大きな催事に、ビアンカはやはり、緊張を隠せなかった。

（その前に、ルーカスは……今の私の姿を見たら、なんと言うかしら。ほかのみんなと同様、綺麗だと言ってくれるかな……）

「ビアンカ様、髪飾りは、こちらでいかがですか？」

侍女のひとりが、ビアンカへと声をかける。

「……ええ、それでお願い」

ビアンカは彼女に笑顔で返事をすると、鏡に映る自分を見て小さく微笑んだ。


「ハァ。本当に、苦しいわ……」

ジェドからルーカスの居所を聞き、ひと通りの支度を終えたビアンカは、騎士団員ふたりを連れて中央庭園へと向かっていた。

あの後、ジェドの言葉の通り、部屋には屈強な騎士団員がふたりもやって来て、ビアンカの護衛につくと言ったのだ。

ただでさえ、今日の王宮内にはいつもの二倍以上の警備が配置されているというのに、ずいぶんな過保護ぶりだ。

ビアンカは、ふたりは大袈裟だとやんわりと断りを入れてみたものの、「団長からの指示ですので」と言われて、引き下がるしかなかった。

「ありがとう。少しだけ、ここで待っていてくださる？　私、今からルーカスを捜してくるので」

庭園の入口に立ち、自分の護衛をしてくれたふたりに声をかけると、ふたりは驚いたように目を見開いた。

「僭越《せんえつ》ながら、ビアンカ様……。我々は、いかなる時もビアンカ様のおそばを離れぬようにと言われておりまして」

「絶対に目を離すなと、団長から厳しく申しつけられております」

焦ったようなふたりの様子に、ルーカスが彼らにどれだけのプレッシャーを与えているのかと、少し申し訳なくなった。

「大丈夫。だって、これからそのルーカスと会うんだもの。それに中央庭園は王宮内の真ん中に位置する庭園よ。ここでなにか危ないことが起きるなんて、とてもじゃないけど思えないわ」

ビアンカの言葉に、騎士団員のふたりは難しそうに、うなった。

中央庭園は、広大な広さを誇る王宮の中でも一番大きな庭園で、美しく咲き誇る薔薇が印象的なことから通称〝薔薇園〟とも呼ばれている。

王宮お抱えの一流庭師が丹精込めて整備しているのだと、セントリューズに嫁いできた日に女官のひとりから聞かされていた。

ビアンカの記憶が確かであれば、ルーカスとはじめて話したのもここ、中央庭園だ。あのときはまだ幼くて、広すぎる庭園が立派だと思うより先に、迷路かなにかの遊び場のように感じたけれど……。

「ねっ。だから、少しだけここで待っていてくれる？　ルーカスと会えたら、必ずここに戻ってくるから」

「し、しかし……」

「絶対に、危ないことなんてしないわ。なにかあればすぐに、引き返してくるから」

ビアンカが譲らないことに、騎士団員たちも気がついたのだろう。

「わ、わかりました。くれぐれも、お気をつけて」

「ありがとう！」

渋々といった様子でうなずくと、いかつい肩を静かに落とした。

「それじゃあ、またあとで！」

そんなふたりに向かってビアンカは微笑むと、重いドレスを連れながら、庭園内へと足を踏み入れた。

「わぁ……！」

目の前には満開に咲き誇る美しい薔薇たち。

ツルバラ、フロリバンダ、オールドローズが咲き乱れ、広い庭園を見事に彩っている。

雲間から顔を出す太陽の日の光を浴びた薔薇園はどこか幻想的で、ここが王宮内であるということも忘れてしまいそうなほど魅惑的だ。

脇の蕾もしっかりとした花を咲かせ、庭師がどれだけ手を掛け大事に花を育てているのかよくわかる。

「本当に、見事ね」

庭園の中に歩を進め、大きな花を咲かせている赤い薔薇の前で足を止めたビアンカは、思わず頬を緩ませた。

凛と咲く薔薇がルーカスと出会った日のことを思い起こさせ、胸の鼓動が速くなる。

（……どうしても、今、ここにひとりで来たかった）

幼い頃、父に連れられてやって来たセントリューズ。

あのときも今日と同じように、晩餐会が開かれるためにビアンカはこの王宮にやって来たのだ。

それが今回不思議な縁で、セントリューズ王弟殿下の妻として晩餐会でゲストたちを迎える立場となった。

あの頃の自分と、今の自分。ここでまたルーカスとふたりで会えたら、もしかしたらルーカスの言っていた〝約束〟というものも、思い出せるかもしれない。

「おや……そこにいらっしゃるのは、どこの国の姫君かな？」

と、ビアンカが美しい薔薇の前で想いを馳せていたら、突然、背後から声をかけられた。

弾かれたように振り向くと、でっぷりとした体格のよい男が三人の衛士を従え、こちらを見て微笑んでいる。

「私はダラム国の国王である。どうやらあなた様も、今宵の晩餐会に招かれた客人とお見受けするが……」

ダラム国。それはセントリューズに次ぐ大国のひとつで、近年では畜産事業で近隣諸国に名を馳せていた。

セントリューズとも代々良好な関係を築いてきている、友好国のひとつだ。

「も、申し遅れました……！　私はセントリューズ王弟殿下の妃にございます。この度はダラム国王様にお会いできて、誠に光栄でございます」

ビアンカはドレスの裾を持ち上げると、慌ててダラム国王に向かって頭を下げた。早速、失礼があってはいけない相手だ。

ビアンカの挨拶に、「おお！」とうれしそうな声を漏らしたダラム国王は、大きなお腹を揺らしながら彼女のもとまで歩いてきた。

「あなたが、セントリューズの英雄と名高い王弟に嫁いだ麗しい姫君か！　お噂はかねがね……あの王弟殿下が寵愛を捧げていると聞き、今日はお会いできるのを楽しみにしていたのですよ！」

「は、はぁ……ありがとう存じます」

「いやはやまさか、晩餐会前にお会いできるとは！　私は本当に、運がいい！」

国王の興奮しきった様子に、ビアンカは思わず一歩、うしろへと足を引いた。

改めて近くで見ると、目が痛くなるような派手な衣装だ。その衣装と同様、ビアンカを見る目もギラギラと光っている。

それにしても、ルーカスがビアンカを寵愛しているという噂が、まさか近隣諸国にまで拡がっていようとは。ビアンカは噂の内容を想像して、なんだか頭が痛くなった。

「しかし……噂に違わぬどころか噂以上にお美しい姫君だ。これは王弟殿下が夢中になるのもうなずける」

「きょ、恐縮でございます」

「どうです、姫君。せっかくですから晩餐会前に、私と庭の散策でも。ちょうど退屈していたところなのです。麗しい姫君にお相手していただけるなら、なによりの幸せです！」

「え……っ」

そのとき、ダラム国王が唐突にビアンカの手を取った。

突然のことに驚き固まっていると、そのままダラム国王に引き寄せられる。

「こ、国王様!?」

ねっとりとした手の感触。肌に触れる怪しい息遣いに、思わず体がこわばった。

そこでふと、ビアンカは以前アンナが、ダラム国王は女好きで有名だと言っていたことを思い出した。

（もしもその話が本当だったら……まさか、これは危機的状況？）

けれどビアンカがそう考えたところで、今、ここで彼を突き飛ばすわけにもいかないし、そんなことをしたら国に関わる大問題にも発展しかねない。

「庭の奥なら、ふたりきりでゆっくりと話せましょう。さぁ、私と一緒に。おい、お前たちは奥に誰も来ないよう、そこで見張っていろ」

「お、お待ちくださいい国王様……！」

なんとかその場に足を踏ん張ってはみたが、男の力にはかなわずビアンカは、なされるがまま庭の奥へと引きずり込まれた。

慌てて今、国王が指示を出した衛士たちへと目を向け助けを求めてみたものの、彼らは表情ひとつ変えずに庭の奥に繋がる入口に立っているだけだ。

「この奥なら、人の目もないでしょう」

「こ、国王様、いけません！　もし誤解を招くようなことがあっては、国王様のお妃様に申し訳が立ちません……！」

「ああ、大丈夫ですよ。そのようなご心配には及びません。このことは他言無用だと、入口に立たせた衛士たちも肝に命じているゆえ」

（はい⁉）

「王弟殿下にも、黙っていればわかりませんよ。だからこれは、私たちだけの甘い秘め事ということで……」

（いやいやいや……！）

薔薇の咲き誇る庭園を抜け、奥まった場所にある大きな木の下で足を止めたダラム国王は、ビアンカを見てニタリと笑った。

その笑顔を見ただけでゾッとして、肌が粟立つ。

再び体を引き寄せられたときにはキツいコロンの香りが鼻をかすめて、ビアンカは吐き気まで催した。

この国王は、いったいなにを考えているのか。嫌がる女性を、それもセントリューズの王弟妃を相手になにをしようというのだろう。

「お、お離しください、国王様！」

「おお……初《うぶ》な反応もずいぶんとかわいらしい。王弟殿下がうらやましいですな。このように美しく、熟れた果実のような体をした姫君を、毎夜、腕に抱けるのですから」

（こ、この……‼）

なんとか体を押し返そうとするものの、太い木の幹に体を押しつけられて逃げようにも逃げられない。

（なにが、熟れた果実のような体をした姫君よ！　ぴちぴちな新妻相手に、卑猥《ひわい》な表現はやめてよね！）

「怖がらなくとも大丈夫です。どうぞすべてを私に委ねて。姫君はただ、目を閉じていればよいのです」

「や、やめてくださいっ」

近づいてきた顔を慌てて両手で押しのけると、ダラム国王の息が手のひらにかかって、背筋が凍った。

本当に、最悪だ。申し訳ないけれど気持ち悪くて仕方がない。

ただでさえコルセットで締めつけられて苦しいというのに、こう近づかれては呼吸をするのも嫌になる。

「ああ、姫君は焦らすのがお好きなのでしょうか？　毎夜、このように王弟殿下のお相手を？」

興奮しきっているダラム国王の言葉に、ルーカスを焦らせるものなら焦らしてみたいくらいだと、ビアンカは心の中で毒づいた。

ルーカスは、ビアンカから彼になにかを仕掛けるような隙など、いっさい与えてくれないのだ。

ひたすらにビアンカを甘く溶かして、彼女の息が上がりきるまで彼女の体をもてあそぶ。

最近ではさんざん鳴かせて焦らした後に、ビアンカにどうしてほしいか聞くのが、彼のやり方となっていた。

『俺が欲しいなら、自ら欲しいとねだってみろ』

とろとろに溶かされた体の上で、甘く妖艶にささやかれては抵抗などできるはずもない。

長い指はビアンカの弱いところに触れたまま……ルーカスはビアンカを、とことん愛して、愛し抜くのだ。

その結果、王宮内どころか近隣諸国にまで、彼の寵愛ぶりが知れ渡るようになったわけだが……。

「私にもぜひ、甘い夜のひとときの一部をお教え願いたいですな」

それはいったいどんな拷問だ、と、ビアンカは再び心の中で毒づいた。気が置けないアンナ相手でも、そんな話はしたくない。

「ああ……姫君の味を、早く私にも堪能させてください」

ルーカスを思い出して熱くなった体が、ダラム国王の濡れた吐息で一気に冷めて震え上がった。

「ほ、本当に、ご冗談はおやめください、国王様……。このようなところを誰かに見られでもしたら、大事になりかねませんっ」

再度ダラム国王の腕から脱出を試みるも、相変わらずガッシリと体は木の幹へと押しつけられていて叶わない。

「誰に見られるはずもありません。ああ、もし見つかっても、そのときは見せつけてやればよい」

「な、なにを言って……」

いよいよ、彼の興奮は頂点に達したらしい。我慢の限界だとでも言うように、ダラム国王はビアンカの腰に添えた手を、自身の体へと引き寄せた。

思わずビアンカの背筋に冷や汗が伝う。まさか自分は本当にこのまま、この変態に手ごめにされてしまうのか。

「密事は甘いものです。さぁ、私と一緒に、今を存分に楽しみましょう」

けれど、そう言ったダラム国王の汗ばんだ顔が、ビアンカにいっそう近づいてきたとき——。

「今すぐその手をお離しください、ダラム国王殿」

辺り一帯の空気が、痛いくらいにビリビリと震えた。

「え……」

突然のことにビアンカが固まると、庭園の奥へつながる入口に立っていた衛士のひとりが、顔を青く染めながら転がるように駆けてくる。

「こ、国王陛下……」

その衛士はダラム国王を見た瞬間、フッと意識を失い予告なく地面に倒れた。腕はダランと土の上へと投げ出され、顔色は驚くほど真っ青だ。

「な、なんだ……っ！」

「申し訳ありません。少々気が立っておりまして、手加減はしたものの、足りなかったようです」

と、言葉と同時に姿を現したのはほかでもない、ルーカスだった。

艶やかな黒髪、黒曜石のように妖しく光る瞳。

今日は見慣れた騎士団の制服ではない。

婚儀のとき以来の正装に身を包む彼は気品がありきらびやかで、息をのむほど美しかった。

胸もとにつけられた勲章が日の光をまとって瞬くと、彼の優雅さをよりいっそう引き立てる。

けれど、そんな彼の右手には襟首――いや、ダラム国の衛士のひとりが捕まえられていて、ビアンカは思わず自分の目を疑った。

「そ、その者は……」

それは間違いなく、ダラム国王が連れていた男のひとりだ。国王の顔が一瞬で青ざめ、ワナワナと唇が震えだす。

「私の行かんとする道の前に立ちはだかるので、一応、捕まえてみました。それで……ダラム国王殿は私の妃に、いったいどのようなご用事が？」

言いながら、ルーカスはその衛士をゴミのようにポイッと地面に放り投げた。

投げ出された衛士は顔面蒼白ではあるものの、慌てて立ち上がると国王を守るように身構える。

それを見てダラム国王はビアンカから手を離すと、今度はルーカスと向き直った。

「ほう、まだ戦意が失せていないとは。さすが、一応は一国の王を守る護衛といったところか」

片眉を持ち上げたルーカスは、さほど感心した様子も見せずに衛士を射るように睨み見た。

氷のような冷たい目に衛士はビクリと肩を揺らしたが、すぐに呼吸を整え再度ルーカスの前に立ちはだかる。

一触即発といった空気が漂い、息をするのも苦しくなった。真っすぐに衛士を見るルーカスが今なにを考えているのかわからないから、怖くてたまらない。

「わ、私の護衛にこのようなことをして……許されるとお思いか‼」

そのとき、突然ダラム国王が大きく声を張りあげた。

国王は驚くビアンカをチラリと見てから、フンッと偉そうに鼻を鳴らしてルーカスへと向き直る。

「こ、この女が私を誘惑するから仕方なく、ついてきたというのに……」

「……はい？」

「まさか、これが貴殿の妃とは……とんだ、あばずれ王女に違いない！」

思いもよらない言葉に、ビアンカはあぜんとして固まるしかなかった。

(私が、ダラム国王を誘惑した？　こんなところまで、無理矢理私を引きずってきたのは、間違いなくダラム国王のほうなのに！)

だけどそれを、口にしていいのかわからない。

ビアンカの身の振りによって、今後のセントリューズとダラムの命運が別れるかもしれないのだ。

「本当か、ビアンカ？」

低く、地を這うような声に呼ばれた。思わずビクリと肩を揺らしてルーカスを見ると、温度のない目が真っすぐに、こちらへと向けられている。
（違う、そんなわけない……！）
ビアンカは必死に国王を拒絶していたし、すべては国王が自分の体裁をつくろうために
ついた嘘だ。
「当然です。私は嘘をついたりしない！」
ビアンカが押し黙ったのをいいことに、ダラム国王が声高々に宣言した。
（本当に、どうすればいいの……？）
とりあえずここは、国王の面子を立てて事なきを得るのが得策かと考える。
今、ビアンカが『国王の言っていることはすべて嘘だ』と言い返せば、事態はより
悪くなる一方だろう。
そんなことになったら、いよいよオリヴァーにも迷惑がかかるかもしれない。
長い間、友好関係を保ち続けてきた両国を、ビアンカのたったひと言で壊すわけに
はいかなかった。
なによりそんなことになれば、またルーカスの身に余計な仕事が降りかかることに
なるだろう。
「……わ、私が」

けれど言いかけて、押し留まった。

ダラム国王と別れた後に、ルーカスにはきちんと説明すればいい。きっとルーカスなら、ビアンカの言葉を信じてくれるはずだ。きっと今からつく嘘を、許してくれる。

頭ではそう思うのに、言葉は喉の奥に仕えて声になってはくれなかった。

たとえ嘘でも、自分がダラム国王を誘惑したなど認めたくなかったのだ。

(悔しい、悔しい……っ。悔しくて、たまらない……!)

「……どっちでもいい」

「え?」

「どちらでも、結果は同じだ」

唐突に口を開いたルーカスが、静かにダラム国王へと目を向けた。

「国王殿がなにを言おうと、結果は同じですよ」

言いながら、フッと誰もが見とれるほど美しい笑みを浮かべたルーカスは、一歩前へと足を踏み出した。

艶やかな黒髪がなびいて、黒曜石のような瞳がさらされる。

清廉ないでたちは神々しくもあり、その場にいた全員が息をのみ、押し黙った。

「――私の妻に触れた時点で、ただではすまない」

吐きだされた刃のような言葉に、ヒュッと、喉の奥が妖しく鳴った。

「二度と、俺の前に立つなと言ったはずだ」

「え……」

「貴様はそこで、眠っていろ」

「う、ぐっぁ……っ⁉」

裏拳一閃。すばやく前に足を踏み出したルーカスは、体を器用にひねると自身とダラム国王の間に立つ衛士の頬を強打した。

まるでカエルがつぶれたような声をあげ、屈強な衛士が地面の上に倒れ込む。

あまりの衝撃に意識を失ったらしい衛士は白目をむいて、もう立ち上がれそうにはなかった。

「ひ、ひぃぃぃ……っ‼」

本当に、一瞬の出来事だった。突然のことに悲鳴をあげたダラム国王は、みっともなく腰を抜かして冷や汗をかいている。

「ご安心ください。もうひとりは、今のあなたのように、うしろで腰を抜かしているだけです」

ルーカスが言っているのは国王が連れていた、もうひとりの衛士のことだろう。彼の左手をよく見れば、ダラム国の紋章の彫られたサーベルが握られていた。腰を抜かしているらしい衛士から、奪ったのだろうか。サーベルは白銀に怪しく光り、こちらを静かに睨んでいるようだった。

「……ビアンカ、こちらへ」

「は、はい……っ！」

呼ばれたビアンカは痛む手首を押さえながら、慌ててルーカスのそばまで駆け寄った。

すると、空いている右手で、ルーカスの腕の中へと引き寄せられる。温かな体温に触れた瞬間、涙が今にもこぼれそうになり、必死にそれをまばたきでごまかした。

「も、申し訳なかった。私はただ、姫と話をしたいと思っただけなのです……！　それがまさか、貴殿の妃であるとは露知らず……だから、その、私は本当に……」

言い訳を始めたダラム国王を、ルーカスは冷ややかに見下ろしていた。

当のビアンカは彼の言葉を聞きながら、腸《はらわた》が煮えくりかえる思いでいる。

ビアンカがルーカスの妻だと知りながら、こんな場所まで連れ込んだくせに、今さらどんな言い訳をしようというのか。

その上、つい先ほどまでは、すべてをビアンカになすりつけようとしていたくせに、往生際が悪いにもほどがある。

「たしか今しがた、私の妻が国王殿を誘ったと、あなた自身がおっしゃっていたはずですが？　その上、私の妻をあばずれと……汚い言葉で侮辱しました」

ルーカスが表情ひとつ変えることなく尋ねると、ダラム国王があわあわとうろたえだした。

ひゅーひゅーと浅い呼吸まで聞こえて、このままだと国王まで意識を失うかもしれない。

「そ、それは私の冗談で……！　大変失礼なことをした！　すべて私の、勘違いで――っ⁉」

そのとき。ルーカスのひと振りが、国王の足もとに突き刺さった。

すれすれのところで国王の足をかわして地面に突き刺さったサーベルは、妖しい光を映してゆらゆらと光っている。

今度こそ悲鳴も出せなかった国王だけが、目を見開いて固まっていた。

「貴様にもう、次はない。もしもまた、我が姫を侮辱するようなことがあってみろ。

私は間違いなく、ダラムを滅ぼし貴様の首を討ち取るだろう」

黒い獣がうなるような声色で、国王を牽制したルーカスに、思わずビアンカまで肝が冷えた。

「め、めっそうもない！　もう二度と、こんなことは……っ。本当に、すべて、すべて誤解です！」

「誤解であったのなら、この足もとに転がるゴミたちを連れて、一秒でも早くこの場から立ち去ることをお勧めする。私の気が……変わらぬうちにな」

「ヒ、ヒィ……ッ」

その言葉を合図に、ダラム国王は腰を抜かしていた衛士とふたりで、気を失っている衛士たちの足を掴んだ。

そのまま重そうに体を引きずって、そそくさとその場を後にする。

「……この後の晩餐会でお会いできるのを、楽しみにしております」

去り際に、ルーカスからそんな言葉を投げられた国王の顔は相変わらず真っ青だった。

むせ返るような、薔薇の香り。

四人が去って、静寂に包まれた空間で、ビアンカは気が立っているルーカスをこっそりと盗み見た。

と、腕の中で顔を上げた途端に目と目が合って、すぐに逃げ道を失ってしまう。

ひやりと冷たい汗が背中を伝って、ドクドクと心臓が早鐘を打つように高鳴った。

「あ、あの……」

「どういうつもりだ」

ふたりの声が重なる。ビアンカを見るルーカスの目には、隠しきれない苛立ちが滲んでいて背筋が凍った。

「ごめんなさい、私……」

「ノコノコと、こんなところについてきて……いったい、どういうつもりだと聞いている」

「そ、それは……」

「その気があると、言っているようなものだ。それともあの下種《げす》な男と、本気で密事でも楽しむつもりだったのか」

――『その気がある』『本気で密事を楽しむつもりだった』

思いもよらないルーカスからの言葉に、ビアンカは声を詰まらせた。

ビアンカは決して、ノコノコとついてきたわけじゃない。精いっぱい抵抗しようとしたし、嫌だとハッキリ断りもした。

だけど国同士の関係がチラついて、全力で拒否することができなかっただけだ。

ビアンカはビアンカなりに、セントリューズを想っていた。

なにより、なにか粗相をすれば、夫であるルーカスに迷惑がかかると思い、思うように動けず――。

「ご、誤解なの……」

「あの男も、誤解だと言っていたな」

「そ、それは……っ。ダラム国王と、一緒にしないで！　私は、本当に、あの人を誘ったりしていない‼」

目にいっぱいの涙をためて、ビアンカはルーカスを仰ぎ見た。

冗談でも、あの男と一緒になんか、されたくない。そもそもビアンカは、ルーカス以外の男と密事を楽しむなど、考えたこともないのだから。

ルーカス以外の男に、自分の体に触れられたくもなかった。

ルーカス以外の男と交わるなど、絶対に無理だ。

「それならなぜ、あの男の言葉をすぐに否定しなかった」

「そ、それは……私が否定すれば、セントリューズとダラムの関係が壊れてしまうか正直な想いを口にすると、ルーカスの口から小さなため息がこぼれる。

「だから、それが間違いだと言っているんだ」

「え？」

「もしも、お前があの場でダラム国王の言葉を少しでも肯定していたら、俺はあの男を許さなかっただろう。少なくとも自分の妃を侮辱され、黙っているなど不可能だ。たとえその場はやり過ごせても、必ず火種が残っただろう」

思いもよらないルーカスの言葉に、今度こそビアンカは返す言葉を失った。

結局、どう転んでも両国の関係は悪化したのだ。

今の出来事で、間違いなくルーカスは今後、ダラム国王を警戒することになるだろう。

ダラム国王だって、ルーカスのことを決してよく思っていないはず。

そうしてできたわずかなゆがみが、良好関係を崩す要因になりかねない。

ビアンカは自分の浅はかさを突きつけられて、カタカタと指先が震えた。

「ル、ルーカス、私……ごめ——」

（ごめんなさい）

けれど、そう口にするより先に、ルーカスの言葉がビアンカの声を遮ってしまった。

「頼むから、これ以上、心配事を増やさないでくれ」

「……っ！」

「俺はいったい、どれだけ気を張り続けたらいい」

ハァ……と、次いでため息をこぼしたルーカスは、ゆっくりとビアンカを自身の体から引き離した。

いまだに体に残る不快感は、ダラム国王が残したものだ。

ビアンカはそれを全身で感じながら、震える心を必死に奮い立たせてルーカスへと目を向ける。

「そもそも、なぜこんな場所にひとりで来た。お前には、今日は護衛をふたりつけていたはずだ」

「そ、それは……。私が、どうしても庭園内をひとりで歩きたいと無理を言って……ふたりには、入口で待っていてもらっているの……」

ビアンカの言葉に、今度こそルーカスが、あきれたような息を吐く。

ズキリと胸が痛んで、ビアンカはこれからなにを言われるのかと思わず全身で身構えた。

「お前は、なにもわかっていない。俺の妻であるということをいい加減自覚しろ。俺がお前に護衛をつける意味を、もっとよく考えろ」

「……っ」

ルーカスの背後には、美しい薔薇たちが咲き誇っている。けれどその薔薇が涙で滲んで、段々と見えなくなった。

「俺がどれだけお前を守るために──ビアンカ？」

ビアンカは、ただルーカスに会いたくて、ここに来ただけだった。

みんなが綺麗だと褒めてくれたドレス姿を、ルーカスに見てほしくて会いに来た。

ルーカスなら、なんて言ってくれるだろう。

綺麗だって、かわいいって思ってもらえるんじゃないかと……そう思っただけだった。

「ビアンカ、お前……」

そして、もし、ルーカスにそう言ってもらえたなら、苦しいコルセットも、気の重い晩餐会も、ルーカスの隣で笑顔のまま乗りきれると思っていた。

──この場所で、もう一度、ふたりで始めよう。

はじめて出逢ったあの日のことを思い出し、微笑み合いたいと……ビアンカはただ、そう願っただけだった。

「……っ、ビアンカ?」

こらえきれなかった涙の滴《しずく》が、静かに頬を伝ってこぼれ落ちた。

「申し訳、ありませんでした……。以後、気をつけます」

「……っ!」

ビアンカの他人行儀な物言いに、ルーカスが傷ついたように眉根を寄せる。

「ルーカス様の妻として、恥じない行動を心がけます」

それでも自分が泣いていることすら気づいていないビアンカは、精いっぱいの笑みを自身の顔に貼りつけた。

そうしないと、ルーカスに愛想を尽かされてしまうのではないかと不安だったのだ。

伝わらない想いのもどかしさに、胸が締めつけられたように痛くて痛くて、たまらなかった。

「……失礼、いたします」

「ビアンカ、待て……っ」

そうしてドレスを持ち上げ頭を下げたビアンカは、踵《きびす》を返すと、ルーカスを残して足早にその場を後にした。

体に残るのは、自分に触れた生ぬるい、ダラム国王の手の感触だ。

悪いのは、自分。ルーカスの言う通り、ノコノコと国王になされるがまま、ついていった自分が悪い。

だからすべては、自分への罰だと思って受け止めよう――。

「……っ」

ビアンカは一度も振り返ることなく、薔薇の咲き誇る庭園を駆け抜けた。

そのまま王宮内に駆け込むと、長い廊下をひたすらに早足で歩いていく。

途中、自分を待ってくれているであろう護衛のふたりの顔が思い浮かんだが、来た道とは別の出口から庭園を抜けたビアンカが、彼らと会うことはなかった。

(……ごめんなさい。でも今は、誰にも会いたくないの)

こんな情けない顔は王宮にいる誰にも、見られたくない。

はじめて知る、恋心。

ズキズキと痛む胸が苦しくて、ビアンカは必死に痛みと闘う術を探した。

「はぁ……」

――いったい、どれくらい歩いただろう。

　しばらく歩いて頭を冷やそうと思っていたビアンカは、いつの間にか王宮内でも人《ひと》気《け》のない、静かな場所に足を踏み入れていた。

　薄暗い、古い芸術品が並べられているような場所だ。

　ひんやりとした空気がなんだか恐ろしくて、どこか違う世界に来てしまったみたいだとビアンカは両腕をかき抱いた。

　いつの間にか、日が沈みかけている。

（……戻らなきゃ）

　この後晩餐会があるのに、こんなところで油を売っていたら、またルーカスに迷惑をかけてしまう。

　これ以上、彼をガッカリさせるようなことがあれば、今度こそ愛想を尽かされてしまうかもしれないと、ビアンカの胸はさらに痛んだ。

「――ビアンカ・レイヴァだな？」

　ビアンカが踵を返して来た道を戻ろうとしたとき。唐突に背後から名を呼ばれた。

　弾かれたように振り向くと、そこには頭から真っ黒なフードをかぶった大柄の男が立っていて、ビアンカは思わず目を見開いて固まってしまう。

「こんなところでお会いできるとは、俺はとても運がいい」

「あ、あなたは……？」

「おっと、ここでゆっくり話している時間はないんだ」

「――⁉」

直後、黒い影が彼女を襲った。

（……なに⁉）

慌てて手足を動かしてみたものの、ビアンカは口もとに厚い布をあてがわれ、その場で意識を手放した。

ダラリと、力なく下がった細い腕。

ビアンカの髪についていた金色の髪飾りが、小さく音を立てて冷たい床の上に落ちて弾んだ。

「……お前には、鴉を殺すための餌食《えじき》となっていただこう」

闇の中であざ笑う影。氷のように冷たい手。

ビアンカの体を抱えた男は、眠る彼女を見て愉快そうに目を細めた。

さらわれた花嫁と黒い陰謀

「ん……っ」

しっとりと冷たい、布の感触。

けれど頬に触れるものは硬く無機質で、それが床なのだと気づくのにそう時間はかからなかった。

ビアンカが目を覚ましたとき、彼女の体は石造りの床の上に転がっていた。

石造りなのは床だけではない。壁も天井も石造りで、古めかしい。

「ここ、は……?」

見たこともない場所だ。見上げた天井には、蜘蛛《くも》の巣が張っている。

薄暗く、鉄格子のついた小さな窓から差し込むわずかな光しか取り込めないような、息苦しい部屋だった。

「う……っ、けほっ、ゴホッ」

重い体をどうにか持ち上げようと床に手をつくと、床に積もったホコリを吸い込んでしまった。

（たしかに、私は王宮内にいたはずなのに……）

いったい、ここはどこなのだろう。どれくらいここで眠っていたのだろう。

「……起きたのか」

「……っ⁉」

ビアンカが上半身を起こしたところで、不意に冷たい声が投げられた。

弾かれたように振り向くと、視線の先には黒いローブに身を包んだ大柄の男が立っていて、思わず目を見開いて固まってしまう。

「起きずに、ずっと寝ていたほうが幸せだったかもしれないのにな」

男は言いながら、ニヤリと口角を上げて笑った。

赤毛の髪、高い鼻とつり上がった目、軽薄そうな薄い唇。

床に倒れるビアンカを見下ろす目は冷ややかで、背筋がゾクリと粟立った。

「あ、あなたは誰⁉　ここはどこなの⁉」

とっさに声を荒らげて床についた手に力を込めると、再びしっとりとした布の感触が手のひらに触れた。

見れば情けでもかけたつもりなのか、床とビアンカの体の間には薄汚れたシーツが一枚、敷かれている。

「まぁ、そう怯えるなよ王女殿。いや、今は王弟妃殿と呼んだほうがいいかな?」

口端を上げ、いびつに笑う男はおもむろにビアンカのそばまでやって来ると、彼女の顔を覗き込んだ。

ひどく淀んだグリーンの瞳が、品定めするように妖しく光る。

恐怖で身を硬くしたビアンカは、両手を胸の前で硬く握ると真っすぐに男の顔を睨み返した。

「ハハッ。女に睨まれるのも、悪くはないな。あの男が夢中になるだけあって、美しい顔立ちだ」

そう言うと、男はベロリと自身の唇を舐め上げた。

……いったい、この男は何者だろうか。王宮内でひとりでいたビアンカに声をかけたのは、間違いなくこの男だ。意識を失う直前、視界にとらえた姿と声が完全に一致する。

ビアンカはこの男に名を呼ばれ、振り向いたと同時に口もとに布のようなものをあてがわれた。そして、そこから今、目覚めるまでの間の記憶がまったくない。

つまり、ビアンカはこの男に拉致されたのだ。間違いなく、この男にビアンカは運ばれた。

「……いったい、なにが目的なの？　ここはどこ？」

努めて冷静に尋ねると、男が感心したように目を細めた。

「ほう……さすが、あの鴉に嫁いだだけあるな。そこらの女と違って肝が座っている」

褒められてもうれしくない。ビアンカは王女という立場柄、幼い頃から身の回りには危険がつきまとっていた。

だからそれなりの覚悟があっただけ。いつ、どこで命を狙われるかわからない。

誘拐や拉致、監禁など、最悪の場合、殺されるかもしれないというのは……ビアンカもあまり、考えたくはなかったことだ。

「ここに来るまでは簡単だったぜ。なんと言っても、天下の騎士団様が直々に用意してくれた警備配置図が、俺の手もとにはあったからな」

「騎士団の警備配置図が……？」

愉快そうに漏らされた男の言葉に、思わずビアンカは眉をひそめる。

騎士団が用意した警備の配置図を、なぜこの男が持っているのか。

以前、ビアンカがジェドに聞いた話だと、王宮内の警備配置図などは当然だが門外不出で、騎士団員以外は手に入れるどころか見ることさえ不可能な状態に近いらしい。

それなのに、どこからどう見ても侵入者であろうこの男が王宮内の警備配置図を手に入れられるわけがない。

もし仮に、この男が言っていることが本当だとするのなら……男に内情を漏らし、王宮の警備配置図を渡したものが、騎士団の中にいるということになる。

「……なぜ、あなたがそんなものを持っているの?」

「ははっ、さすがにそれは言えねぇなぁ。もちろん、俺の目的がなんなのかも言えねぇし、ここがどこなのかも、教えてやる義理はない」

おもしろそうに口もとをゆがめた男は、ビアンカの質問に答える気はないらしい。

「ずいぶんと、ケチな人ね」

「ハハッ、勝ち気な女は嫌いじゃないぜ。まぁ……お前が俺の女になるっていうなら考えてやってもいいけどな」

「……っ‼」

いやらしく笑った男の手が、ビアンカに向かって伸びてきた。

「イヤ……っ‼」

ビアンカはとっさにそれを振り払うと、再び胸の前で両手を強く握って男を睨んだ。

「……っ、てーな」

「あなたの女になるなんて、死んでもごめんよ‼」

「ハッ……それなら一度、死んでみるか？」

男が目に憎悪を滲ませる。直後、再び伸ばされた男の手がビアンカの髪を強く掴んで引っ張り上げた。

「い……っ」

あまりの痛さに目の前がゆがむ。けれど男はそんなことはおかまいなしで、自分を見ろとばかりにビアンカの顔を持ち上げた。

「少しは賢い女かと思ったら……お前は自分が今どういう状況に置かれているのか、まるでわかっていないらしいな」

「は、離して……っ」

痛いと口にするのは負けた気がして、したくなかった。

（だけど……いったい、どうすればいいの？）

抵抗しようにも、しょせん、女と男の力の差を見せつけられるだけだ。

その上、大柄な体と同じくゴツゴツとした大きな手は、リンゴ程度は簡単に握りつぶしてしまいそうな力強さを感じさせる。

「お前の命もなにもかもが、今、俺の手の中にある。お前をどうしようと俺の自由だし、ほら、こんなこともできるんだぜ」

「や……っ、やめてっ‼」

男はビアンカの髪を掴んだまま、自身のそばへと引き寄せた。身の危険を感じたビアンカがとっさに男の手首を掴んで抵抗を試みるも、太い腕はビクともしない。

「自分の寵愛する妃が、ほかの男に辱めを受けたとなったら……あの男がどんな顔をするか、見ものだな」

「や……っ」

べろりと舌なめずりをした男は欲を滲ませた目でビアンカの顔を覗き見た。

不快な視線に再び顔をゆがめると、男は愉快そうに口角を上げて嗤《わら》う。

「まずは、味見させてもらおうか」

このままだと本当に、危ない。

(このまま、この男の思うがままにされてしまうの？　なにが味見よ。ルーカス以外の男に、体を許すなんて――そんなの、絶対にイヤっ‼)

「は、離して！」

「離すわけねぇだろ」

「やめてって言ってるの‼」

「やめる理由がねぇなぁ」

（本当に、なんなの⁉　ダラム国王といい、この男といい……本当に、いい加減にしてほしい）

「女だからって……舐めないでよね」

「ああ？」

「生憎、私は王女らしくないと有名なの！」

ぷつん、とビアンカの中でなにかがキレた。

やっぱり、こういうときに我慢するのはビアンカの性に合わないらしい。

それはダラム国王に迫られたときに、さんざん我慢させられたせいでもあったのだろう。

「あなたが悪いんだから！　あなたが、離してくれないから、私も――」

「なにを言って――って、ぐわ……っ⁉」

ゴン……っ‼　突如、部屋の中に響いたのは、鈍い衝突音だった。

痛みで顔をゆがめる男。ビアンカが自慢の石頭を男の額にお見舞いさせたのだ。

「て、テメェ……っ」

「あなたの思い通りになんて、なるもんですか‼」

興奮で息を切らしたビアンカは、離された手のおかげでようやく痛みから開放された。

その代わりに、額が痺れるように痛いけれど。それでもたった今、頭突きをかまされた男のほうが、ビアンカよりも痛みに苦しんでいるからいい気味だ。

「テメェ、それでも女かよ……！」

「お生憎様。生まれたときから女をやらせていただいてます」

「チクショウ、なんであの男は、テメェみたいな品のない女を妃にしたんだ！」

その言葉に、フンッと鼻を鳴らしたビアンカは、真っすぐに男を睨みつけた。

ルーカスがなぜ、ビアンカを妃に選んだのかはビアンカ自身もわかっていないが、とんでもなく愛されていることだけは確かだから、この男になにを言われようと気にならない。

「だが……調子に乗れるのも、ここまでだ」

「キャアっ!?」

けれど、男の言う通り、ビアンカが虚勢を張れたのもそれまでだった。

今度は髪ではなく喉もとを掴まれ呆気なく、彼女の体は冷たい床の上へと押し倒された。

土埃が勢いよく舞い上がり、後頭部を床に叩きつけられた衝撃で目がチカチカとくらんだ。

（い、痛いし、苦しい……）

「こうなったら、テメェの亡骸《なきがら》をあの男にくれてやる」

「……っ、ぐ」

「愛する女が殺されているのを見て、あの男がどんな表情をするか見ものだな。それこそ、あの男への最高の復讐《ふくしゅう》となるだろう」

（復讐？）

男に聞き返したいが、声が出ない。

「恨むんなら、あの男を恨めよ。あの男に嫁ぎさえしなければ、こんなことにはならなかった」

「……っ、けほっ、ゴホッはっ」

「すべては、あの男が招いた悲劇だ」

言いながら男はビアンカの喉もとから手を離し、おもむろに立ち上がった。

ゆっくりと、引き抜かれたサーベル。

ビアンカは床に体を投げ出されたまま、もう起き上がる気力もない。

朦朧《もうろう》とする意識の中で、男の構えたサーベルが、怪しく光る。

（……ああ、もうダメ。きっと、このまま殺される）

ビアンカは、まさかこんなふうに人生を終えることになるなんて思ってもいなかった。

ルーカスとは喧嘩したままだし、こんなことになるなら喧嘩なんてするんじゃなかった……などと、今さら思ってももう遅い。

涙で滲む視界の向こうで、ビアンカは最後に見たルーカスの顔を思い出していた。

「さらばだ、憐れな姫君よ」

せめて、もう一度だけ、ルーカスに会いたかった。

会ったら彼に、短い時間ではあったけれど幸せだったと伝えたかった。

『あなたが好き』だと、ルーカスに伝えたかった——と。ビアンカがすべてをあきらめ、目を閉じた、そのとき。

「……っ!?」

ドゴォン！という鈍い音とともに、突然、部屋の扉が豪快に吹き飛んだ。

「な、なんだ……!?」

男が弾かれたように振り向いて、身構える。

視線の先には無残な姿で飛び散った木の扉が転がっていて、大きな木片が床に倒れるビアンカの隣で弾んで止まった。

(な、なに……⁉)

あと少し横にズレていたら、ビアンカの顔面に直撃していたところだ。

おかげで遠のきそうになっていた意識が、一瞬で現実へと引き戻された。

「ビアンカ……っ‼」

けれど、なくなった扉の向こうから現れたのは、騎士団の制服を身にまとったルーカスだった。

「ル、ルーカス……?」

まさか、扉が吹き飛んだのは彼のせいなのか。

驚くビアンカの思いなど露知らず、息を切らしている彼はビアンカの無事を確認してからホッと安堵の息を吐く。

「ルーカス……」

安心したのはビアンカも同じだ。

ルーカスの姿を視界に捕らえた瞬間、思わず涙がこぼれそうになった。

「ルーカス……っ！」

「ビアンカ、そこを動くな。すぐ助ける」

「来たなっ、憎き鴉め……‼」

けれど、ルーカスがビアンカに声をかけた直後、男の剣が空を切った。

思わず、「あっ‼」と声をあげたビアンカだが、黒に包まれたしなやかな体は、それをヒラリとかわすと自身のサーベルへと手を掛ける。

「扉を蹴破るとは、ずいぶん荒いご登場だな」

「……貴様が、ビアンカをさらったのか」

美しく光る、白銀の剣。

短く息を吐いたルーカスは、ゆっくりとそれを引き抜き、男を睨んだ。

「ああ、そうだ。俺がお前の妃をさらった。お前があと少し遅ければ……俺はこの女を、殺していたところだ」

ニヤリと、怪しく笑った男。この男の言う通り、ルーカスの登場があと一歩遅ければ、ビアンカの命はなかっただろう。

「惜しかったな。あと少しで、お前の絶望に濡れた顔が見られると思ったのによ」

不敵に笑う男は真っすぐに、剣の切っ先をルーカスへと向けていた。

ギラギラと光る目には憎悪とも取れるゆがんだ感情が滲んでいて、ビアンカの胸がざわざわと不穏に揺れて落ち着かない。

「貴様は……アストンの、元将軍だな」

――アストン。聞き覚えのある国の名に、思わずビアンカの肩がピクリと跳ねた。

「ああ、そうだ。覚えていたのか。俺たちの国のことなんか、すっかり忘れていると思ったよ」

アストン……それは、ビアンカの祖国、ノーザンブルの隣国の名だ。

ビアンカがセントリューズに嫁ぐ前、ノーザンブルに攻め入ろうとしていた国であり、ルーカス率いる騎士団に軍を撃滅された国でもある。

「我が騎士団に負けた男が、今さらなんの用だ」

「ハハッ、なんの用？　もちろん、お前に復讐しに来たのさ！　俺のすべてを奪ったお前を、この手で殺すためにな‼」

高笑いをしながら男は一歩、ルーカスににじり寄った。

けれどルーカスは相変わらず、微動だにせず男の様子を伺うだけだ。

細い綱の上を渡るようなやり取りに、ビアンカの胸の鼓動が速くなる。

「ノーザンブルを滅ぼせば、俺はノーザンブルの第一王女を妻に迎えることをアストンの王から約束されていた。そして俺の地位は絶対的なものになり、なに不自由ない暮らしができると思っていたのに……」

ノーザンブルの第一王女を妻に。それはつまり、ビアンカを妻にするつもりだったということか。

（まさか、そんな話まであったなんて……）

今さらながら、恐ろしくなり身震いする。

「それなのに突然現れたお前とお前の率いる黒翼の騎士団に、我が軍はあっという間に撃滅された。それからというものアストンはセントリューズには逆らえぬ、臆病な国に成り下がったのだ。軍は解散、命からがら逃げきった俺は、アストンには帰れずに国を転々とする日々を送っている」

「それで……どうして貴様は、王宮内に？」

「ハハッ、それはもちろん、俺を拾ってくださった方がいたからさ！　俺と同じようにお前を憎み、憐れな俺に慈悲をかけて、もう一度チャンスをくれたお方がなぁ」

男の言葉に、ルーカスが眉根を寄せて押し黙った。

同時に、ビアンカは先ほど男が漏らした言葉を思い出していた。

『天下の騎士団様が直々に用意してくれた警備配置図が、俺の手もとにはあった』

やはりそれは、騎士団員の誰かが男に、内部の情報を漏らしたということなのだろう。

そうでなければ警備の配置図など、敵国の元将軍であるこの男が手に入れられるわけがない。

そして、その人物が男に慈悲をかけ、王宮内に侵入できるように手引きをした。

騎士団の中の、誰かが……。なぜ、なんの目的で、そんなことをしたというのだろう。

わかっていることと言えば、その人物が男と同じように、ルーカスを憎んでいるということだ。

「それにしても、案外ここが見つかるのも早かったな」

「……貴様のような奴が潜む場所など、見つけるのはたやすいことだ」

しっかりと剣を握ったルーカスは、男へと静かに向き直った。

互いに睨み合う両者。ルーカスの目には隠しきれない怒りが滲み、まとう空気は殺気立っている。

「お前につけられた、この傷が今、疼いて仕方がない……」

男が見せつけるように頬の傷をなで、ベロリと唇を舐めた。

「今日まで何度、お前と再び対峙する日を夢見たことか！　さぁ復讐の時は来た‼　まずはお前を虫の息にしてから、妃を目の前で殺してやろう‼」

そうして、男が声を荒らげた直後。

ブンッ!と、力任せに振るわれた剣が、空を切った。男の剣を華麗にかわしたルーカスは、一歩、男と距離を取る。

「今度こそここが、お前の墓場となるのだ‼」

ガムシャラに振り回される剣を、ルーカスがヒラリ、ヒラリとかわしていく。

「チッ、逃げてばかりいやがってっ！　この俺に、怖気づいたか‼」

興奮しきっている男は、なかなか交わらない剣に苛立ちながら、足を前へ前へと踏み出し続けた。

「ほら‼　悔しかったらお前も剣を振るってみろ‼」

「……」

それは一見、ルーカスが押されているようにも見えるが、男が振るう剣は乱暴そのもので、品性の欠片もない。

そのまましばらく、男の剣をかわすだけだったルーカス。

だが思い立ったように足を止めると、石壁を背にして、ようやく手に持っていた剣を前に構えた。

「ハハッ、ついに逃げ道がなくなったぞ‼」

今、ルーカスが立っている場所は、倒れているビアンカと対角線上となる部屋の隅だ。

高笑いをした男が前に踏み込んで、ルーカスに勢いよく斬りかかる。

すべてを視線だけで追いかけていたビアンカも、思わず息をのむ速さだった。

「今こそ、復讐が果たされる時……!!」

「……おしゃべりな男だ」

「なっ⁉　うぐ……っ!!」

キン――ッ!!　鼓膜《こまく》を刺すような金属音とともに、ぶつかる剣と剣。

すべては、ほんの一瞬の出来事だった。

上から振り下ろされた男の剣をいとも簡単に自身の剣で弾いたルーカスが、しなやかなひと振りで男の体を斬りつけたのだ。

「ぐ、ぐ……うぅっ」

「貴様の汚い血で、俺の妃を汚すわけにはいかない。だから、貴様がビアンカから離れるのを待っていた」

「うぐ、あぁぁぁ!!」

悲痛なうめき声が部屋の中にこだまして、男が崩れ落ちるようにその場に倒れた。

思わず耳を塞ぎかけたビアンカだが、唇を噛みしめながら一部始終を目に焼きつけた。

本当に、一瞬だ。たった、ひと振りで男を斬り伏せたルーカスの剣は、まばたきをしてしまえば見えないような、実に見事なひと太刀だった。

「力任せに振るわれる剣ほど、憐れなものはない」

「う、うぅ……っ、チクショウ……っ」

床に倒れた男の手から、剣が離れる。

ルーカスはそれを拾って部屋の隅へと投げると、痛みに顔をゆがめる男を静かに見下ろした。

「覚悟は、できているな」

「ぐ、う……っ」

「貴様は俺の、逆鱗《げきりん》に触れた」

言いながらルーカスは、空で血振りをしてからもう一度、剣を構える。

ルーカスは男を殺す気なのだ。

それを知らせるようにビアンカの視線の先で、セントリューズの王家の紋章が小さく光った。

「地獄に堕ちろ」

冷たい言葉が、ビアンカの耳の奥でこだまする。

(本当に、このまま、あの男を斬らせてもいいの?)

ルーカスの手に握られた剣に彫られた美しい紋章が、なにか大切なことを訴えているような気がして——。

気がつくとビアンカは衝動的に、ルーカスに向かって駆けだしていた。

「ダ、ダメ……っ‼」

「……っ⁉」

ドンッ、という衝撃とともに、ルーカスの剣が止まる。

息ひとつ乱していない彼は、今、まさに振り下ろさんとしていた剣を止めてビアンカを見下ろした。

「ビアンカ……?」

「ルーカス……ダメ、殺さないで」

ビアンカは、すがりつくようにルーカスの体に抱きついている。

それを振り払うこともできないルーカスは、彼女の言葉の真意が理解できずに、不愉快そうに眉根を寄せた。

「なぜだ。この男は、お前を殺そうとしたんだぞ」

彼の言う通りだ。男はビアンカだけではなくルーカスの命まで狙っていたのだから、普通なら恩情をかける余地もない。

「でも……それでも、殺しちゃダメ。だって、この人にはまだ、聞かなきゃならないことがあるはずよ！」

男は先ほど、自分にチャンスをくれた人間がいたのだと言っていた。

なにより、騎士団の中に裏切り者がいるかもしれないのだ。

その事実をまだ、ルーカスは知らない。騎士団しか知り得ない警備配置図を男が持っていることを、ルーカスは知らないのだ。

「ぐ、うぐ……」

傷を負った男が、足もとで小さくうめく。それにピクリと反応したルーカスは、ビアンカを守るように数歩、男と距離を取った。

「ビアンカ、離せ。俺はお前を傷つけた人間を許さない」

再び剣を持つ手に力を込めたルーカスの体を留めるように、ビアンカは抱きしめる腕に力を込める。

「ダメ、離さない……」

先ほどの男の話を聞いて、ビアンカですら、王宮内に精通する裏切り者がいると気がついた。なぜなら王宮内に精通するもの以外で、部外者の男を引き入れることなど不可能に近いのだから。

だから、きっと……いや絶対に、ルーカスもわかっているはずだ。

騎士団の中に裏切り者がいるという確証はなくとも、男の命を今ここで奪うのは得策ではないと……ルーカスだって、よくわかっているはず。

「この人を裏で手引きしたのが、誰なのか……聞き出さなきゃ、あなたが困るわ」

震える息を吐き出すように言ったビアンカの言葉に、ルーカスの体がピクリと動いた。

「そんなもの、あとでいくらでも洗い出せる。この男の足跡をたどれば、どうにでもなるだろう」

「で、でも……それでも、殺すのはダメ」

「なぜ?」

「ダメなものはダメ。絶対、ダメ!」

思わずギュッと彼の服を掴む手に力を込めると、ルーカスが数秒考え込むような間を開けた。

（……この男に怖い目にもあわされたし、本当なら、かばいたくなんてない）

それでもビアンカは、自分の目の前で命が奪われる瞬間を見過ごすことなどできなかったのだ。

裏切り者を捜そうなどというのは体《てい》のよい口実で、本当はルーカスにこの男を殺してほしくなかった。

たとえこの男が、許されない罪を背負っていたとしても、こんなふうに命を奪うのは、間違っている。

「……そんな目で、俺を見るな」

「へ？」

「俺はお前の、その甘えた目に弱い」

そう言って小さく息をこぼしたルーカスが、構えていた剣を下ろした。

そのまま不本意そうに剣を鞘へとおさめると、ビアンカの体を引き寄せる。

「ルーカス……」

「お前が願うなら……仕方がない。男の処遇は、この後じっくりと決めよう」

言いながら、ルーカスは一度だけ倒れている男へ鋭い目を向けた。

男を生かすことに納得したというわけではないようだが、とりあえず、この場で手を下す選択は、踏みとどまってくれたように見える。

（よかった……）

ビアンカが安心して息を吐くと、ルーカスの表情から怒りが抜けた。

「ルーカス、ありが――！」

直後、ぎゅっと力強く抱きしめられた体。ビアンカの言葉を遮って与えられた熱は想像以上に熱くて、ビアンカは思わず声も忘れて固まってしまった。

「ビアンカ……無事でよかった。助けに来るのが遅れて、すまなかった」

耳もとでささやかれた言葉に、目の奥が熱くなる。

ルーカスと喧嘩をしたばかりだったのに。彼は怒っていたはずなのに、それでもこうして助けに来てくれた。

謝らなければいけないのは、ビアンカのほうだ。

くだらない意地を張って彼を拒絶して――結果として、ルーカスまでも危険な目にあわせてしまった。

「ビアンカ……」

慈しむような声色でビアンカの名を呼んだルーカスが、彼女の頬を静かになでた。

交わる視線と視線。

美しい黒の瞳にはビアンカの姿が映り込んでいて、ゆらゆらと揺れている。

「ルーカス、ごめんなさい、私……」

「ダラム国王の件も、すまなかった。お前のことを本気で疑ったわけではないのに……。お前がほかの男に触れられたのかと思うと、我慢ならなかったんだ」

「ルーカス……」

「俺のせいで、お前を二度も危険な目にあわせた。怖がらせて……本当に、すまなかった」

そっと、ビアンカの頬をなでるルーカスの手は温かく、優しい。

彼を振り払ってまで逃げるなど、自分は本当にどうかしていた。

「ううん……。私のほうこそ、本当にごめんなさい。ルーカスに、心配ばかりかけちゃって……」

「そんなことはいい。怪我は、してないか？　あの男に……なにか、されていないか？」

頬に添えられた手の温度を感じながら、ビアンカは大きく首を左右に振った。

本当は男に押し倒されたときに後頭部にタンコブができたけれど、それくらいは我慢しよう。ついでにいろいろ貞操の危機も感じたけれど、それも心の内に留めておこう——そうビアンカは心に決めた。

(だって今、それをルーカスに告げたら、彼は再び剣を抜いてしまいそうだもの。……ううん、きっと有無を言わさず、ルーカスは男に斬りかかるわ)

「そ、それにしてもルーカスは、どうして、ここがわかったの……?」

ビアンカは極力考えを悟られぬよう、恐る恐る口を開いた。

するとルーカスは、乱れたビアンカの髪に指を通しながら、丁寧に質問に答えてくれる。

「お前がいなくなったと聞き、まずは騎士団全体に王宮封鎖の命令を下した」

「お、王宮封鎖……!?」

「ああ。相手が誰であろうと、決して王宮から出すなと命じたんだ」

——王宮封鎖。

巨大なセントリューズの王宮を封鎖するなど、そう簡単にできるものなのか。

いや、ルーカスと王立騎士団だからこそ、できることなのかもしれない。

「ビアンカが、もしさらわれたとするのなら、まだ王宮内に監禁されているだろうと踏んでいたからな」

「え……」

「今日は王宮から外に出るための出入口すべてに、騎士団員を配備していた。我々の目をかいくぐって外に出るなど、絶対に不可能だ」

キッパリと言いきったルーカスは、再び忌々しそうに男を睨む。

それにしても、ルーカスの今の話だと、ビアンカは王宮内に監禁されていたということだ。

(まさか、私は王宮内に監禁されていたなんて)

てっきりどこかの汚い倉庫にでも連れ出されているのかと思っていたが、灯台もと暗しとはこのことか。

「そうすると、あとは王宮内で賊が潜り込みやすそうな場所を絞り出せばいいだけだ。怪しい場所はすべて、しらみつぶしに探すつもりだったが……髪飾りが俺を、ここへと導いてくれた」

「髪飾り……?」

「お前のつけていた薔薇の髪飾りが、王宮でも普段は使われていないはずのこの塔の、屋根裏部屋に続く入口に落ちていた。だからすぐに、ビアンカがここにいると、わかったんだ」

言われてみてはじめて、ビアンカは髪につけていた髪飾りがなくなっていることに気がついた。

男と揉み合ううちに、落ちたのだろう。

「私がいなくなったというのは……誰から聞いたの？」

「お前に仕えている侍女だ。お前の姿が見あたらない、俺と一緒にいるのだと思っていたと言われて、本当に焦った」

そっと、目を細めたルーカスはビアンカの髪を優しくなでた。

アンナが、ルーカスに知らせていたのか。

ビアンカは、あとでアンナにもお礼を言わなければと思ったが、こっぴどく怒られるのが目に浮かび、つい頭を悩ませた。

「気づいたのが、晩餐会が始まる前で本当によかった。オリヴァーへの報告はできぬまま動いてしまったが……俺は、自由に動けたからな」

――晩餐会。

ルーカスの口から出た言葉に、ビアンカの肩が大きく揺れた。

そうだ、そうだった。今日は、晩餐会だったのだ。

近隣諸国の王たちを招いた、大切な催事だったのに。

ドレスは埃まみれだし、髪はひどく乱れているし、体も痛い。

なにより今が何日の何時なのか……自分がどれくらい監禁されていたのかも、ビアンカにはわからなかった。

こんなに大切な日にさらわれるなんて、最悪も最悪だ。

時間が巻き戻せるなら、フラフラと王宮内を歩いていた自分を殴ってでも連れ戻したい。

「ご、ごめんなさい、ルーカス。私、大切なときに、こんなことになっちゃって……晩餐会は、もちろんもう終わってしまったのよね……?」

目に涙を滲ませながら尋ねると、ルーカスは首を左右に振った。

「いや、晩餐会はまだ行われているだろう。ビアンカの行方がわからないと知って、俺はすぐに騎士団のもとに戻ったが……晩餐会自体は、予定通りオリヴァーが仕切って進めているはずだ」

その言葉に、ビアンカはつい、安堵の息を吐いた。

まさかまだ、晩餐会の最中だとは思わなかった。

そう考えるとビアンカがさらわれてから、たいして時間も経っていないらしい。

ここに閉じ込められてから、一時間か二時間か……とりあえず、晩餐会自体は滞りなく開かれているのだと聞きホッとした。

近隣諸国の王たちには、晩餐会にも顔を出さないぶしつけな王弟と、王弟妃だと思われてしまったかもしれないが。とにもかくにも、ここを出たらすぐにでも、オリヴァーには謝りに行かなければならないだろう。

「でも……ルーカスは、私を探すためにわざわざ、正装から着替えたの？」

「……ああ。指揮をとるには、どうにも正装のままだとやりづらくて」

（やりづらい？）

ビアンカが、ルーカスの言葉に首をかしげたとき。突然、バタバタといくつもの騒がしい足音が辺り一帯に響いた。

（な、なに……⁉）

ビアンカが反射的にルーカスのシャツをギュッと掴んで身構えると、温かい手が肩に回される。

まさか、アストンの元将軍の仲間がやって来たのだろうか。足音からしてずいぶんな大人数だ。もしまたあの男のような人間が、何人もここに乗り込んできたとしたら、さすがのルーカスでも、全員を相手にするのは難しいかもしれない。

「……大丈夫だ」

「え……」

「そろそろたどり着くだろうと思っていた」

そうルーカスが静かに微笑んだ瞬間。

「団長……！　ビアンカ様っ‼　ご無事ですか⁉」

現れたのは、ルーカスと同じ黒の制服に身を包んだ騎士団の面々だった。

その中には今日、ビアンカの護衛についていたふたりの姿もある。

「遅かったな」

「申し訳ありません。少々、証拠集めに手こずりまして……」

彼らが一歩、部屋の中に足を踏み入れた瞬間、ビアンカの肩がピクリと動いた。

「ビアンカ？」

その反応にいち早く気がついたのはルーカスだ。ルーカスはビアンカの肩を抱く手に力を込めると、眉根を寄せて、彼女の様子をうかがっている。

かくいうビアンカは目の前の騎士団員たちを見て、自分の中に湧き上がる不信感を抑えきれずにいた。

「ビアンカ、どうしたんだ」

（もしかしたら、この中に……）

今、ここにいる面々ではなくとも、騎士団の中に裏切り者がいるかもしれないということをルーカスに伝えなければいけない。

「ルーカス……」

けれど、ビアンカがぽつりと声をこぼしたとき。今の今まで黙り込んでいた男が、不意に、壊れたように高笑いを始めた。

「ハハハッ！　ついに俺の悪運も、尽きるときがきたか……！　まさか、こんな形で終わるとは……！」

言いながら、男は倒れたまま悔しそうにこぶしを握る。黒く汚れた手はカタカタと震えていて、ビアンカは思わずゴクリと喉を鳴らして押し黙った。

「結局、俺はなにひとつ目的を果たせぬまま死ぬのだ！　俺を拾ってくださった、あの方の恩に報いることもできず……このままここで、力尽きるのか！」

悔しそうに吐き出された言葉に、その場にいたルーカス以外の全員が、驚いて息をのんだ。

今、男が口にした〝あの方〟とは間違いなく、この王宮内にいる裏切り者のことだろう。男に警備配置図を渡した、騎士団の誰か——。

「あ、あの、ルーカス……」

「俺の妃が頼み込むので、命だけは取らずにおいてやったが……。貴様にすべてを、洗いざらい吐かせることには変わりない」

ビアンカの言葉を遮りそっと体を離したルーカスは、男との距離を静かに詰めた。

ビアンカがほんのわずかな距離さえ不安に感じてしまうのは、これからなにが起きるのかという不安に胸が覆われているからだ。

「晩餐会の行われる今日は、王宮の警備を二倍以上にしていた。それはビアンカを守るため、万が一にも貴様のような者が紛れ込まないようにだ。それなのに今、貴様がここにいるということは……王宮内に、貴様の侵入を手引きした者がいるということに、ほかならない」

漆黒に揺れる影。サラリと揺らめく前髪が、彼の目もとに影をつくった。

「そして王宮内を貴様のような侵入者が動くには、我々騎士団の動きを知る必要がある。おおかた、警備配置図でも使ったのだろう。それはつまり、この事件に騎士団の中の誰かが関わっているということを意味するのだが……」

その言葉に、ビアンカはゴクリと喉を鳴らした。

まさか、ルーカスは気づいていたのか。自分が統べる騎士団の中に、裏切り者がいるということを……。

「ただし、その誰かはあくまで、黒幕が使った駒のひとつにすぎない」

「え……」

「本人は自覚がないまま使われたようだが……黒幕はすべてが片づいたら、その駒に罪をかぶせて葬り去るつもりだったのだろう」

思いもよらない言葉に、今度こそビアンカは声を詰まらせた。

(騎士団の裏切り者は、黒幕が使った駒のひとつにすぎない……?)

ルーカスは、警備配置図を男に渡した人間とは別に、男を王宮内に引き込みを手引きした犯人がいると言っているのだ。

つまり、黒幕が別にいるということ。騎士団のひとりは知らず知らずのうちにその黒幕に使われて、最終的にすべての罪をなすりつけられる算段だったのだ。

「しかし、黒幕は自分の下の人間のことをあまりに知らなすぎた。残念ながら、騎士団員というだけでは王宮内部のすべてを把握することはできない。……〝アイツ〟は、この場所さえ、知らなかっただろうからな」

〝アイツ〟というのは、黒幕に使われた騎士団員のことだろう。ルーカスはすでに、それが誰かも割り出していたのだ。

ルーカスが今話したことは以前、ジェドが王宮内をビアンカに案内してくれたときにジェドから聞かされた話でもあった。

『王宮内には、王族の皆様しか入れない部屋もありますし、我々騎士団が守る必要のない屋根裏部屋などは、把握できておりません』

ジェドが言ったことが確かであれば、騎士団員に男をここまで引き入れるのは不可能ということになる。この場所は、先ほどルーカスが言った通り使われていない屋根裏部屋で、騎士団員たちには把握もできない場所だからだ。

そもそも、男が宮内に侵入できたとしても、警備配置図だけではこの広い王宮内を自由に動き回るのは困難だった。

セントリューズに嫁いできて約二ヶ月、ここで過ごしたビアンカですらすべてを把握できていないのだから。

それなのに外部の者である男が王宮内でも奥深い、この屋根裏部屋を監禁場所に選んだとなると――。宮内をよく知る誰か、そして宮内でも顔の効く誰かが、男を引き入れたということになる。

「黒幕……すべての首謀者は、俺の失脚、あわよくば俺を貴様に処分させ、その後に現王立騎士団をつぶそうとでも考えていたのだろうが、詰めが甘かったな」

「ハ……ッ、そこまでお見通しなら、その首謀者の目星もついているんだろう？　俺と同じく、お前を恨んでいる人間を……」

痛みに顔をゆがめながら、今の今まで黙りこくっていた男が顔を上げた。

（王宮内で、男と同じようにルーカスのことを恨んでいる人？）

王宮内に、そんな人がいるなんて……。それこそ王宮内の秩序を乱す、大きな問題になりかねない。

「お前の〝黒い〟噂は、聞いたことがあったが……。まさか、本当のことだったとはな」

「……」

「あのお方は、よほどお前を脅威に感じているらしい。俺にさんざん、ボヤいていたよ。お前さえいなければ、王宮内は平和だったのに……と。〝オリヴァーは心置きなく、国王としての地位を絶対的なものとしておけるのに〟って、見ていて憐れになるほどな」

「オリヴァー国王陛下……？」

男の口から飛び出したオリヴァーの名に、ビアンカの心が大きく揺らいだ。

まさか、今回のことにオリヴァーが関係しているとでもいうのだろうか。

それにルーカスの黒い噂とは、いったいなんのことなのか。わからないことばかりが増えて、ビアンカの頭の中は混乱してしまっていた。

「俺をこの城に引き入れたあの方は……鴉、お前だけじゃない。鴉の姫君も、ついでに殺せと俺に命じた」

「え……」

「ふたりとも殺せたら、報酬は二倍にする、と。……まぁ、お前のことだから、どうせその辺の調べもついているんだろう?」

乾いた笑いをこぼした男は、淀んだ目で、ビアンカを見上げた。

一瞬目が合ったビアンカは思わず肩をこわばらせたが、そんな彼女の体をルーカスが引き寄せ強く抱きしめる。

「ビアンカ王女。お前はなぜ、俺を助けた」

「え……?」

「俺があんたにしたことを思えば、先ほど、この男に殺されていても、おかしくはない」

「なに……?」

男の言葉に、再びルーカスが一歩、前に出た。

ビアンカが慌てて腕を掴むと、なんとか踏みとどまってくれたが、ルーカスは忌々しそうに男のことを睨みつけている。

「わ、私は……ただ、」

「中途半端な甘さは時に、取り返しのつかない危機を呼ぶ。今回は、鴉の助けが間に合ったからよいものを……俺みたいな奴を殺さずにいたら、いつかまた必ず、お前たちの命を奪いにくるぞ」

真っすぐにビアンカを射抜く目には、いくつもの現実を見てきただろう男の、強い意志が滲んでいた。

たしかに、この男の言う通りなのかもしれない。

戦場に立てば、やるかやられるか。そんな命のやり取りを、あたり前のようにしなくてはならないのだ。

だが、たとえそうだとしても、ビアンカは見過ごすことなどできなかった。

今、目の前にいる男の命も自分の命も。誰の命も、本来なら皆平等だから。

罪は罪。そして、罪には罰だと決まっている。

けれど、その罰は死だけがすべてではないのだ。

罪は、生きながらにして償わなければ意味がない。

男が死んだからといって、そこからなにかが生まれるわけではないのだから。

「……負の連鎖は、戦で尊い命の火が消えれば消えるほど、増えていくものよ」

「なに……？」

「地位も名誉も。人の命に比べたら、取るに足らないものだわ」

逞しいルーカスの腕の中、ビアンカが口を開くと男はそっと目を細めた。

男の言う通り、きっとビアンカの考えは甘いのだろう。

自分たちの命が惜しいのならば、男の言う通り、今、この男を生かしておいてはいけないのかもしれない。

それでも……。

「私は、死ぬのが怖い。だけど、人の命を奪うのは、それ以上に怖いことだと思っただけ」

ビアンカが力強く言い放つと、男が大きく目を見開いた。

「なにかに怯えて、正しいことを正しいと言えない自分には、なりたくない」

『あなたはあなたの思う正義を貫きなさい』それは今は亡きビアンカの母が、ビアンカに向けて残した言葉でもあった。

「そもそも、あなたは私が甘いと言ったけど……。きっと、あなたよりも私のほうが、何倍も厳しいわ」

「なに……？」

「だって、簡単に死んでしまうよりも、生きて罪を償うほうが、きっと何倍もつらいもの。あなたはこれから、自分が犯した間違いを死ぬまで償いながら、悔い改めるために精いっぱい生きるのよ」

ビアンカの言葉に、今度こそ男が押し黙った。

ルーカスの腰もとで、王家の紋章が静かに光る。

気高く、高貴なその光はいつだって、正しく生きろと告げている。

胸を張り、顔を上げ。自分の信念に真っすぐでいてほしいと願っているのだ。

「……なるほど、な」

「え?」

不意に、男がため息をこぼした。

「鴉が王女に惚れた理由は、なんとなくわかった。やはり、戦に負けなければよかったな。そしたら今頃、俺がお前を、花嫁に迎えていたかもしれない」

言いながら、ニヤリと笑った男は、どこか吹っきれたように表情を緩めた。

唐突な言葉に思わず息をのんだビアンカだが、自分を抱きしめるルーカスから殺気のようなものを感じ取り、慌てて隣に目を向ける。

「やはり……この場で殺しておくか」

「ル、ルーカス！　待って、きっと冗談だから！」

だとしても、このタイミングで言うとは男も命知らずにもほどがある。

「お前は、先ほどから……なぜ、この男をかばうんだ」

「か、かばっているわけではなくて……！」

「ビアンカがこの男をかばえばかばうほど、俺はこの男を消したくなる。お前は、自分の持つ魅力に疎《うと》すぎるんだ」

怒りの矛先は男だが、ルーカスの目は真っすぐにビアンカを射抜いていた。

「もしもまた、この男のようにお前をそそのかす奴が現れたら――」

「……っ、絶対に、大丈夫だから！」

ビアンカはルーカスの言葉を遮るように、慌てて声を張りあげた。

突然のことに驚いたように片眉を持ち上げたルーカスが、ビアンカの言葉の続きを待っている。

（疎いのは、ルーカスのほうよ。そんなことをされなくとも、もう私は――）

「……っ」

無意識に彼の着ているコートをギュッと掴んだビアンカは、自分を見つめるルーカスの瞳を真っすぐに、見つめ返した。

「わ、私はたとえ、どうなろうとも、ルーカスのことを好きになっていたわ！　だってルーカスは……私がもし、この人の花嫁にされたら、きっと、私をさらってくれたでしょう？」

きっと、ルーカスなら。どんな手を使ってでも結局、男と軍を撃滅させて、ビアンカを自分の花嫁に迎えるように仕組んだはずだ。

「だから私は、どうなろうともきっと、あなたのことを好きになった」

ルーカスに捕らえられてしまえば——彼のあふれんばかりの愛に触れたら、きっと、どんな立場にいようと彼を好きになっていた。

そんな確信が、今のビアンカの心には強くあるのだ。

「だから、私はこれからもルーカス以外の男の人は好きになれない！」

その言葉に、ルーカスの肩がピクリと動いた。

絡み合う視線と視線。真っ黒な美しい瞳は、一心に自身の妻を見つめている。

「ね？　だから、もう怒らないで。今は、私をギュッとしてて。私のこと離さないで、今すぐ、あなたでいっぱいにして……」

——怖かった。だから今は、私だけを見て。

そんな精いっぱいの願いを込めて、ビアンカはルーカスの体に腕を回した。

ダラム国王のときは、素直に伝えられなかったせいで喧嘩になってしまった。だからこそビアンカは、今度こそ素直な気持ちを彼に伝えたかったのだ。

「ルーカス?」

「……」

「ルーカス……?」

けれど、ルーカスは黙り込んだまま返事をしてはくれなかった。

もしかしてまだ、男をかばったことを怒っているのだろうか。だとしたら、なんと言えば納得してくれるのだろう。

と、不安になったビアンカが、ルーカスの顔を覗き込んだ、瞬間。

「……っ」

突然、その綺麗な顔に、パッと優しい赤が散った。

思いもよらない彼の反応に驚いたのはビアンカだけでなく、周りで様子をうかがっていた騎士団員たちも同じのようだ。

「ルーカス?」

次の瞬間、ルーカスは自身の手の甲で口もとを隠すと、ビアンカから視線を逸らして眉根を寄せて固まってしまう。

「ルーカス、あの……」

「反則、だろう。なんだ、その殺し文句は……」

「え？」

「このタイミングで、そんなことを口にするなど……ベッドの中でも、俺のことを好きだなんて、口にしたこともないのに」

「な……っ」

唐突な言葉に、今度はビアンカの頬が赤く染まった。

そういえば……ビアンカはまだ、ルーカスに自分の気持ちを伝えてはいなかったのだ。

「好き」だと、口にしたのは今この瞬間が、はじめてだった。

「俺のほうこそ今すぐにでも、お前の心と体を俺だけで満たしたい」

「……っ」

「俺以外の男が、今、お前を視界に入れていることすら不愉快だ。お前の目にも、ほかの男を映したくはない」

そう言われても、見渡す限り異性だから仕方がない。

かわいそうに騎士団員たちは、ギクリと肩をこわばらせてこちらの様子をうかがっている。

「お前が愛しくて、どうにかなりそうだ……」

熱く、甘い吐息をこぼしたルーカスは、さらに強くビアンカの体を抱き寄せた。

色っぽい彼の視線に心臓は大きく跳ねて、体の芯がとろけるような熱を持った。

「ビアンカ……お前を二度と、離したりはしない」

ゆっくりと近づいてきた、彼の唇。

胸いっぱいに愛しさがあふれ出し、ゆっくりと目を閉じたビアンカだが――すんでのところではたと我に返り、慌てて彼の胸を押し返した。

あ、危ない。うっかりルーカスの甘い言葉に流されそうになったが、この大勢の前でいったいなにをしようというのか。

「ダ、ダメ、ルーカスっ‼」

「……なぜ?」

「だって、みんながいるのに……」

「それが、どうした」

「それがどうした⁉」

予想外の言葉にオウム返しをしてしまったビアンカに対して、ルーカスは至極真剣そのものだった。

そうして、フッと周りにいる者たちに目を向けたかと思えば、唐突に低くうなるような声を出す。

「むしろ、貴様らが全員、今すぐここを出ていけばいい。俺とビアンカは、しばらくこの部屋にこもるから、あとはすべてお前たちに――」

「ダ、ダメ……っ‼」

やめてほしい、いったいどこの狼だ。完全に夜モードに入りかけているルーカスを前に、慌てて彼の体を押し返したビアンカは一歩、彼から距離を取った。

「お願いだから、夜まで待って……！」

（……恥ずかしい。穴があったら今すぐにでも入りたいわ）

先ほどからニヤニヤと楽しそうにこちらを見てる、騎士団の皆の視線が痛い。

「……もう、夜だ」

「へ？」

「外はもう、夜だ」

心底、不愉快そうにそれだけを言ったルーカスは、離れたビアンカの体を再び自身の腕の中へと閉じ込めた。

そうか、そうだった。晩餐会が今まさに開かれているのなら、今は夜に違いない。

だからといって、今のはただの揚げ足取りだ。

今日のふたりの夜は——残念ながら、まだ遠い。

「まぁでも、すべてを片づけてから、思いきりお前を抱くのも悪くない」

「……なっ」

「その代わり、覚悟しておけ。今日は夜が明けるまで、お前を隅々まで堪能してやる」

耳もとに唇を寄せながら、告げられたのは、甘い甘い宣告だった。

夜が来るのが怖いのに、期待している自分がいる。ルーカスの妻になってからというもの、そんな夜ばかりで一向に、落ち着いて眠れない。

「それでは先に、余計なものを片づけようか」

「え？」

「……貴様ら、先ほど証拠集めに手こずったと言っていたな」

「は……はいっ⁉」

「その言葉の意味は、手こずったが……証拠は集まったと受けていいな？」

どこに切り替えのスイッチがあるのだろう。唐突に騎士団員たちへと声をかけたルーカスは、たった今の今までビアンカを見つめていた甘さを消して、鋭い目を騎士団員たちへと向けた。

突然声を投げられた彼らはニヤついていた表情を慌てて消して、声を裏返らせながらもなんとか返事に成功した次第だ。

それでも彼らの顔はいつもよりもあきらかに緩んでいて、やっぱりどうにもいたたまれない。

「それで、結果は？」

「は、はい！　それに関しては、ジェドさんが今、こちらに向かって——」

と、騎士団員のひとりが答えようとしたところで、性急な靴音が辺り一帯に響いた。

その場にいた全員が動きを止めて、音のするほうへと目を向ける。

「遅くなってしまい、申し訳ありません！」

「ジェドさん……！」

直後、部屋に入ってきたのはジェドだった。騎士団の制服に身を包んでいるジェドは息を弾ませ、切羽詰まった表情をしていた。

はじめて見るジェドの余裕のない表情。着ている黒いコートは汚れており、なによりビアンカが驚いたのは——彼の口もとに、殴られたような赤い血が滲んでいて、せっかくの男前が台無しになっていたことだ。

「ビアンカ様……」

ビアンカが痛々しさに眉尻を下げていると、唐突に、ジェドがビアンカの名を呼んだ。

悲しそうにゆがめられた表情と目は、ルーカスの腕の中におさまる薄汚れたドレス姿のビアンカをとらえていて、いつもの精悍さはうかがえない。

「ビアンカ様、自分は……」

なにかを言いかけてから、ジェドが唇を噛みしめる。

「ジェド、まずは報告が先だ」

そんなジェドの顔を上げさせたのは、ルーカスの凛とした声だった。

ルーカスの腕の中、見上げれば彼はギュッとビアンカの体を抱き寄せ、真っすぐにジェドの姿を見据えていた。

ハッとしてから再びルーカスへと目を向けたジェドは、慌てて背筋を伸ばして声を張りあげる。

「も、申し訳ありません！　無事に証拠ともなる書簡を発見し、怪しい男を王太后陛下が引き入れたとの証言も、王太后陛下付きの女官から得ることができました！」

「王太后陛下……？」

ジェドの口から飛び出した名前に、ビアンカは思わず目を見開いた。

いったいジェドは、なにを言いだしたのだろう。怪しい男を王太后陛下が引き入れたとは、どういうことなのか。

(まさか、オリヴァーとルーカスの母である王太后がこの男を……?)

とてもじゃないがそんなことを考えたくはない。

「その証拠は、確かなものなのか」

「はい。前宰相アーサー殿と王太后陛下が、今回の計画を目論《もくろ》んでいる内容の書簡を押収いたしました。王太后陛下付きの女官はすでに証人として騎士団が押さえ、さらにはアーサー殿の息子も重要参考人として確保済みです」

「アーサー……?」

再び思わぬ名前がジェドの口から飛び出して、ビアンカはとうとう自分の耳を疑った。

アーサーと王太后が今回の計画を目論んだとは、いったいどういうことなのか。

(まさか、本当に……? いいえ、そんなことあってはならないことだわ)

「アーサー殿は団長を亡き者にした後、我々騎士団の規律や団員を一新し、アーサー殿の息子を新しい騎士団長に就任させることを目論んでいたようです」

ない。

「アーサー殿も捕らえております。処分については団長のご指示でいかようにも」

「……っ！」

今、ルーカスとジェドが話しているのは王宮内に潜む、黒幕についての話に間違いない。

そして彼らの言葉をそのまま受け取るのなら王太后陛下と前宰相アーサー。このふたりが、アストンの元将軍である男を使って、ビアンカを襲わせたということになる。

「最後に……アーサー殿が、すべての黒幕は王太后陛下であると、ハッキリと証言しました。そして、私から受け取った警備配置図を、そこの男に渡したということも……」

（アーサー公がジェドさんから受け取った警備配置図を、アストンの元将軍に渡した？）

ということは、先ほどルーカスが言っていた〝アイツ〟――つまり、黒幕に使われた騎士団員とは、ジェドのことだったのだ。

そこでふと、ビアンカはあることを思い出した。

そういえば、アーサーが晩餐会前にビアンカの部屋を訪れたとき、一緒に来ていたジェドに『あとで今日の警備配置について詳しく聞かせてもらおう』と言っていた。

きっと、あのときのものをアストンの元将軍に渡したのだろう。

ビアンカの部屋にジェドとともに顔を出したのも――ビアンカとの会話の中で、ジェドからごく自然に、警備配置図を得ようという彼の目論みだったのだ。

「改めて、自分の失態でこのような事態を招いてしまい、大変申し訳ありませんでした。とくにビアンカ様には……とてもおつらい思いをさせてしまいました」

言いながら、膝をついたジェドの肩は震えていた。

ルーカスは先ほど『本人は自覚がないまま使われた』と言っていたが、こういうことだったとは……。

「ジェド、顔を上げろ」

「っ、はい」

「どんなに優秀な人間でも、ミスを犯すことはある。だが……今回、お前が犯したミスによってビアンカの命が危ぶまれた。その責任は大きい。普通であれば厳罰は免れないだろう」

淡々と、それだけを言ったルーカスは、ジェドを真っすぐに見据えていた。

厳罰――というのは、ジェドは騎士団から除名処分でも受けるというのか。それともまさか、もっと重い罰なのか。

　彼は悪意があって犯行に加担したわけではない。罰を受けなければいけないのは純粋なジェドを騙したアーサーで、彼が厳罰を受けるなど、絶対にあってはならないことだ。

「ルーカス、私は――！」

　思わず声を張りあげたビアンカを、ルーカスが手のひらで制した。

　そうしてルーカスは再び真っすぐにジェドを見つめると、凛とした声を部屋の中に響かせる。

「お前の処分については、すべてが片づいてからじっくり考える……と、俺は先ほど、お前を殴った後にそう告げた」

「え……」

「それはつまり、この後のお前の働きによっては処分が変わるという意味でもあった。そしてお前は期待を裏切らず、短時間で確たる証拠を手にして戻ってきた。さすが俺の優秀な部下だと、俺は今誇りに思っている」

「……っ！　もったいないお言葉です……！」

「それに……認めたくはないが、ビアンカはお前にもなついているしな。腹立たしいが、これからもお前以外にビアンカの護衛は務まらない、と思っている」

最後は忌々しそうに言い放ったルーカスではあったが、そんな彼の言葉にジェドは目に涙を浮かべながら深く深く頭を下げた。

ルーカスは、ビアンカとジェドのことをよく見ていてくれたのだ。

セントリューズにビアンカが嫁いでから約二ヶ月。ビアンカがアンナ以外で親しく接していたのは自分の護衛であるジェドだけだということを。

ビアンカがジェドに対して信頼を置いているということを、ルーカスはきちんとわかっていてくれた。

「ただし、今後ビアンカに対して少しでも変な気を起こそうものなら、そのときは有無を言わさず俺がお前を叩き斬ってやるから覚悟しておけ」

強く言い放たれたルーカスの言葉に、ジェドは幸せそうな笑顔を浮かべて「はい！」と大きくうなずいた。

そんなジェドの表情とルーカスを見上げて、ビアンカも思わず笑みをこぼす。

「では……これで、馬鹿な狸《たぬき》であったアーサーはもう終わりだ。残るは王太后陛下、ただひとりということになる」

けれど、続けて放たれたルーカスの冷静な言葉に、その場にいた誰もが息をのみ、黙り込んだ。

――王太后陛下と前宰相アーサーが、すべての黒幕。

まさか、そんなことがあるのかと、ビアンカはにわかに信じられない。

以前、王太后と話をしたときにはたしかに、王太后はルーカスに対して厳しい姿勢を取っていた。だけど、そうは言ってもルーカスは王太后の息子のはずだ。その息子の命を危険にさらすような真似を、彼女がするとは考えたくはない。

アーサーにしても、あのときはルーカスと騎士団をかばうような発言をしていたはずだ。ビアンカに対しても友好的に接してくれていた彼が、王太后とふたりで今回の計画を企てていたとは、とてもじゃないがビアンカには信じられなかった。

「この後、そこの男にも洗いざらい吐かせれば、もう言い逃れもできないだろう」

ルーカスは、足もとに転がるアストンの元将軍へと目を向けた。

「ですが、やはり確実に仕留めるにはさらなる決め手が必要かと……」

そんなルーカスを前に、ジェドが努めて冷静に返事をする。

「そんなことは、どうにでもなる」

「え?」

「俺が晩餐会にビアンカを連れて現れれば、どうにでもなるから問題ない」

けれどジェドに向かってキッパリと、それだけを言いきったルーカスは、おもむろにビアンカへと目を向けた。

　黒曜石のような、美しい瞳。その瞳には強い意志が宿っていて、ビアンカの心臓がバクバクと早鐘を打ち始める。

「……ビアンカ。俺はまた、お前を俺の事情に巻き込むことになるだろう」

「え……」

「すべてを知ったとき、お前が俺をどう思うかは、わからない。だが、これだけは覚えておけ。ビアンカ、俺はなにがあろうと、お前だけは守り抜く」

　真っすぐに、熱い想いを告げられて、ビアンカの胸も熱くなった。

　ルーカスのすべてを知ったとき。彼が彼である背景を知ったとき、自分がいったいなにを思うのか。

「問題ないわ」

　たしかに不安でもあったが、それ以上に今は、彼を知りたいという気持ちのほうが強かった。

「ビアンカ……」

「私だって、なにがあってもあなたの手は離さないと誓ったから。だからあなたは堂々と、戦って。いざとなったら私も、少しくらいは応戦するから安心して――」

そうビアンカが言いかけたところで、言葉は彼の唇に奪われた。

——不意打ちの、キス。

結局唇を奪われたビアンカは、目を見開いたまま、固まるほかなかった。

「な、な……っ！」

「ビアンカ、お前の身は俺が預かる。これからは片時も、俺のそばを離れるな」

「ひゃっ……!?」

言いながら、ルーカスは軽々と、ビアンカの体を抱え上げた。

突然のことに驚いたビアンカが慌てふためくと、やっぱりニヤニヤとこちらを見るいくつもの視線が突き刺さる。

「ちょ、ちょっと待って!!　もう、いろいろ待って……!!」

ルーカスが、まさかこんなに開き直るとは。

愛は本当に、恐ろしい。というか、ルーカスはビアンカへの愛をさらさら隠す気はないのだ。

いやむしろ、彼は今までビアンカへの愛を隠したことなどなかった。

ビアンカが彼の花嫁となった瞬間から。ルーカスは一途に、ビアンカへ愛を注ぎ続けていた。

「待てないから、行くぞ。暴れるなよ」

「……っ」

そんな彼が、ビアンカの抗議を受け入れるはずもない。

軽々とビアンカの体を抱え上げたまま、ルーカスはさっそうと屋根裏部屋を後にする。

「団長、ビアンカ様、くれぐれもお気をつけて！　我々も、すぐにあとを追います！」

背後から、ジェドの力強い声が投げかけられた。

こうなったら、もうヤケクソだ。どうせすでに王宮内ではルーカスの寵愛ぶりは知られているし、今さら恥ずかしがっても意味はないと、とうとうビアンカも開き直った。

「……これから、どうするの？」

逞しい腕の中、ビアンカが覚悟を決めて彼に尋ねると、真っすぐに前を向くルーカスの唇が、静かに動いた。

「枯れた薔薇の、剪定に行く」

――国のため、国民のために。そして大切なものを、守るために。

それはきっと、簡単なことではない。

未来を耕すために、心を折り——闇に張った、深い根を引き抜くのだ。

「……わかった。私は、どんなときもルーカスのそばにいる」

返した言葉に、一瞬だけルーカスが優しく目を細めて笑った。

(私には、彼のように国を守るための力なんてないけれど……)

いつだって、自分を想ってくれる彼のため。彼の心だけは絶対に折らせないよう守り抜こうと、ビアンカは心に決めた。

「俺はビアンカがいれば、どんな困難にも屈しない」

闇を切り裂くような、迷いのない声だ。

窓の外を見れば、夜空にはぼんやりと三日月が浮かんでいる。

ビアンカは力強い腕に抱きかかえられながら、胸の前で強く、強くこぶしを握りしめた。

いざ、運命の晩餐会へ

「ね、ねぇ、ルーカス？　まさか、今向かっているところって……」

屋根裏部屋を出たルーカスが、真っすぐに向かったのは大食堂だった。

広い庭園を横目に美しい回廊を抜け、大きな扉の前でようやく足を止めた彼は不意に、ビアンカへと視線を落とした。

「さぁ、行くぞ」

間違いない。ルーカスは今から、晩餐会の場に赴こうとしているのだ。

目の前の扉を開けると待ち構えているのは広い応接間。その先にあるのは今まさに、晩餐会の執り行われている大食堂だ。

（だけど、ちょっと待ってよ……）

ドレスは埃で汚れているし、髪だって乱れている。

ルーカス自身も正装ではなく騎士団の制服姿だし、こんな格好で晩餐会に顔を出すなどみっともないにもほどがある。

「中に、王太后陛下もいるはずだ」

――王太后陛下。ハッキリとルーカスの口から紡がれた名前に、ビアンカはハッとして彼を見上げた。

「俺とお前の命を狙ったのは、兄オリヴァーの母であり……先代国王の正妃でもある人間なんだ」

感情の読み取れない声で、淡々とそれだけを言ったルーカスはビアンカをそっと、床の上に下ろした。

先代国王正妃、王太后。

背の高いルーカスを見上げながら、ビアンカは静かに口を開く。

「聞いても、いい……？」

「ああ」

「どうして王太后陛下は……ルーカスと私の命を狙ったの？」

先ほどの屋根裏部屋で、ルーカスとジェドの会話を聞いていたビアンカは、どうしてもその事実を受け止めきれずにいた。

「だってルーカスは、王太后陛下の息子なのに……」

わからないことばかりだ。

なぜ、王太后は自分の息子の命を狙うのか……そして、その妃まで殺そうと目論んだのか。

わざわざルーカスに恨みを持つ人物を雇う時点で、彼女が情けの欠片も持ち合わせていないことがよくわかる。

そして王太后なら、間違いなくあの男を王宮内へ引き入れることが可能だろう。男に簡単な変装でもさせ、王太后ご贔屓の宝石商だとでも言えばいいのだ。そうすれば彼女の周りの侍女たちも、大した疑問も持たずに納得してしまうはず。

まさか王太后が賊を招き入れるなど、夢にも思わないだろう。

男に屋根裏部屋を教えたのも王太后だとすれば……すべての点が線となって、繋がっていく。

「……俺は、王太后陛下とは血の繋がりがない」

「え……？」

「兄であるオリヴァーは、彼女の実の息子だが。俺と王太后陛下の間に、血縁関係はないんだ」

思いもよらない事実に、ビアンカは雷に打たれたような衝撃を受けた。

（ふたりが、実の親子関係ではない……？）

たしかにルーカスと王太后は、似ても似つかぬ容姿をしている。

だけどそれは、ルーカスが先代国王に似ているからなのだと思っていた。

「先代国王が、当時、王宮に仕えていた侍女に生ませた子が、この俺だ。母は俺を産んですぐ、この世を去ったらしいが……俺は、国王と血の繋がりのある息子という理由で生かされた」

つまり、オリヴァーとルーカスは異母兄弟ということか。

よくある話といえばそれまでだが、ビアンカはセントリューズに嫁いでからそんなことは今日まで一度も、聞いていない。

「昔は、容姿の異なる俺を怪しむ人間も王宮内にはいたらしい。だが、噂をささやく人間はすべて、罰を与えられ消されたと……まぁ、それも定かではないが」

「な……っ」

「今では俺が王太后の実の子でないことは、王宮内でもごく一部の人間しか知らない事実だ。自分がいながら、国王が身分の低い侍女にうつつを抜かしていたなど……王太后には耐えられぬ現実だったのだろう」

だからといって、そんなことが実際に、偽れるものなのだろうか。

普通なら周りの人間が気づくはずだ。とくに、当時王太后に仕えていた侍女たちは、彼女の体の変化にも敏感だったはず。

（まさか、その侍女たちもすべて、消されてしまったというの？）

「俺の実の母が、俺を身籠っていた頃。王太后陛下も、第二子を身籠っていた」

「……っ！」

「けれど、運悪く王太后陛下は子を死産してしまい……幸か不幸か、ほぼ同時期に生まれたのが俺というわけだ」

つまり、ルーカスは取り替えられたのか。

王太后の、産んだ子として。ルーカスの母は、彼を産んですぐ亡くなったと言ったが、真相は深い闇の中にうもれてしまっている。

「だが……王太后からすると、昔から俺は、憎しみの対象でしかなかった」

自分の夫を誑《たぶら》かした女の子ども。そして失ってしまった自分の子ども。

けれど、自身のプライドを守るためには、ルーカスを受け入れるしかなかった。

王太后は、どうして自分がこんな目にあうのだと思ったのだろう。

どうしてルーカスだけが無事に産まれ、自分の子はこの腕で抱けないのかと悲しみに暮れたのかもしれない。

「昔から、あの人に愛された記憶もないしな」

だが、たとえそうだとしてもルーカスには、なんの罪もない。

身勝手な都合で運命を決められた幼い彼は、今日までどれだけ苦しんできたのか。

「俺は王太后陛下が産んだ子として育てられたが、母の愛というものに触れたことはない」

言いながら、小さく笑ったルーカス。ビアンカは一瞬、ルーカスが自分の運命を嘆いているのかと案じたが、その目に悲しみは滲んでいなかった。

「まぁ、生かされただけでも十分、幸運だ。第二王子として、それなりの教養も得ることができたし、不自由のない暮らしも得られたからな」

たとえ教養が得られても、不自由のない暮らしができても、愛がなければ幼い彼は孤独だったはず。

けれど彼は、それを幸運だと言いきった。命があっただけで、よいのだと……。

「今は、お前もいる」

そっと、微笑む彼はいつだって温かい。

ビアンカはルーカスの、真っすぐに前を向く姿勢が好きだと思った。

自分の運命を悲観せずに受け入れて、彼は彼なりに今日まで戦ってきたのだろう。

幼い頃、庭園で一輪の薔薇を手に立つ彼の、面影はここにはない。

大人になった彼は強く、気高い男性に成長したのだ。

「今までお前にも事実を隠していて、すまなかった。俺の事情に、ビアンカを巻き込むことを危惧していたんだ」

ルーカスの大きな手がビアンカの頬を優しくなでる。その手のぬくもりを感じながら、ビアンカはそっと、彼の手に自分の手を重ねた。

「……私、ね」

「ああ」

「実は以前、王太后陛下に無礼な言動と態度をとってしまったことがあって……。だからもしかしたら、それが原因で、今回命を狙われたんじゃないか……なんてことも、考えたの」

ぽつり、とビアンカがこぼした言葉にルーカスが眉根を寄せる。そういえばあのときも、ルーカスが助けてくれたのだ。

あのときはなんとか、その場は丸く収まったものの、自分に真っ向から立ち向かってきたビアンカを、王太后は決してよくは思わなかったはず。

「あの程度のことで命まで狙われるのかと思ったら……少し、怖いなとは思うけれど」

苦笑いをすると、ルーカスがフッと息をこぼして笑った。あきれたような、どこか安心したような表情だ。

その笑顔にビアンカは、つい首をかしげてしまう。

「まぁ、それも理由のひとつと考えられなくはないが……。お前が今回狙われたのは、もっと別の理由だ」

「別の理由……？」

思いもよらない言葉に、彼の綺麗な黒い瞳をジッと見つめた。

ビアンカが狙われた、別の理由。いったいビアンカはいつ、王太后の恨みを買ってしまったのか。

知らず知らずのうちに彼女を怒らせていたとなると、それはそれで問題だろう。

「……実は、オリヴァーには男色の気があってな」

「へぇ……オリヴァー国王が男色の……って、え……ええっ⁉」

突然、とんでもないことを言い出したルーカスを前に、ビアンカはうしろにひっくり返りそうになりながら大きな声をあげてしまった。

（だって、男色って。いや、でもちょっと待って――）

まさに今朝アンナが、『オリヴァー国王陛下は男色ではないか、だから次の国王はルーカス様のお子ではないか……なんて噂も、実は以前から侍女の間でささやかれていたようですが』とは言っていたけれど、まさかその噂が事実だったとは。

「オリヴァーは、女を愛せないらしい。だから自分が子を望むことは難しいのだと……以前、一度、言われたことがある」

「で、でもオリヴァー国王が公言しているわけではないのよね……?」

「ああ、もちろん表向きはな。一国の王がそれでは、国民や他国の王族たちに示しがつかないと判断したからだろう」

……衝撃だ。衝撃以外の、何物でもない。もしかしたら、王太后が今回の事件の黒幕であったことよりも衝撃の事実かもしれない。

(まさか、あのオリヴァー国王陛下が男色……男色……)

「それでも王太后はあきらめきれず、オリヴァーを結婚させようと、必死だった」

「王太后陛下が……」

「ああ。そんなとき、俺がお前を妻に迎えたんだ。ビアンカ、そのとき、王太后がどう思ったか……お前にも、わかるだろう?」

ルーカスの問いに、ビアンカは真っ白になりかけている頭の中で必死に答えを探した。

第一王子であり、現セントリューズ国王陛下であるオリヴァー。

そのオリヴァーに子ができなければ跡を継ぐものがいない。

そうなると自然と第二王子に王権は動き、オリヴァー亡き後、セントリューズの国王となるのはルーカスであり、彼の子ということになる。

「揚げ句、俺がお前を毎夜抱きつぶしていると聞いたら……王太后も胸中、穏やかではいられなかっただろう。俺が王位を狙っているのだと、勘繰ってもおかしくはない」

淡々と、ルーカスが真面目な口調で話すものだから、ビアンカはツッコむこともできなかった。

自分がルーカスに毎夜、抱きつぶされていることを、王太后にまで知られているなど恥でしかない。

「おかげで、思ったよりも早く動いてくれた」

けれど、言いながら口角を上げたルーカスは、少しも悪びれる様子はなかった。

それどころかおもしろそうに目を細めた彼を前に、ビアンカの脳裏にはある推測がよぎってしまう。

「王太后と前宰相アーサーが以前から、俺の立場を危ぶめ、騎士団の実権を握ろうと目論んでいたことは、俺が指揮する騎士団の情報部隊が掴んでいた。今回も、俺を亡きものにした後は、アーサーの息子が新騎士団の実権を握るよう、王太后はアーサーに約束していたらしいが……。情報だけはずいぶん前から掴んでいたものの、なかなか尻尾を出さないので、こちらも動きあぐねていたんだ」

彼の言うことが確かなら、彼はずいぶん前から王太后とアーサーの動向を見張っていたということだ。

それはきっと、ビアンカを妻に迎えるよりもずっと前から……。内側にいる敵に、彼と彼の率いる騎士団の情報部隊は注意を払っていたということだ。

そして、王太后とアーサーが尻尾を出すのを、虎視眈々と狙っていた。

「今回は案外早く、こちらが蒔いた餌《えさ》に食いついてくれた。おかげでようやく邪魔な者はすべて取り払える」

これはあくまでビアンカの推測にすぎないが――。

ルーカスの口ぶりからして、彼はわざと自分とビアンカの噂を流して、王太后をけしかけたのだ。

だとしたら、やはり。そのためにルーカスは毎夜、ビアンカを抱きつぶしたのか。自分たちの邪魔をする、厄介な存在を取り払うために。

このままでは近いうちに、ルーカスに王位継承権を持つ子ができてしまうと王太后を焦らせ、彼女が強硬手段に出るように仕向けたのだ。

王太后がビアンカを恨んだのもそのせいだとすれば……。彼女はビアンカが、ルーカスとともに王位継承権を狙っているとでも考えたのかもしれない。

「そ、そのために私を、あんなに毎晩毎晩、その……激しく、抱いたの……?」

呆然としながら尋ねるビアンカを前に、ルーカスは再び悪びれる様子もなくフッと口角を上げて笑った。

「そうだと言ったら、どうする?」

不敵に笑う彼は表情とは裏腹に、優しくビアンカの体を引き寄せる。

まるで、イタズラが成功して喜んでいる子どものようだ。ルーカスはこんな顔も、できるのか。

はじめて見る彼の表情に、トクンと心臓が飛び跳ねたビアンカだが胸中は決して穏やかではいられない。

「さ、最低だわ……。いったい、私のことをなんだと思っているの……? おかげで私は、周りから好奇の目で見られた揚げ句、毎朝腰が痛くて痛くて大変だったのに……」

アンナにも馬鹿にされるし、ルーカスだって陰では獣と言われる始末だ。

「よ、夜だって、全然眠れなかったしっ。手加減もしてくれないから、気がついたら朝になっている日もあって……か、体のあちこちにキスマークはついてるし……」

おかげで、湯浴みのときに侍女たちに体を見られ、噂はさらに拍車をかけて広がっていった。

だけどもし、そのすべてが策略だったとするならば、最初からそう言ってくれたらよかったのにとビアンカは思ってしまった。

ビアンカはてっきり、自分がルーカスに愛されているのだと――ルーカスが自分に夢中になってくれているのかもしれないなんて、アンナに言われてからは少しだけ、期待していたのだ。

それが実は、アーサーと王太后を誘き出すための罠だったのかと思うと……なんだか少し、いや、かなり悲しくなって、ビアンカは肩を落としてしまう。

「……悪いな、加減ができなくて」

素直に謝られてしまうと、余計に虚しさで胸が痛んだ。

ルーカスは自分を抱いているときにも、常に今回の計画を頭に置いていたのかと思うと女として情けない。

「たとえ非道な手だと言われても、この国を危ぶめようとするものを取り除くのが、俺の職務であり重責だ」

キッパリと言いきるルーカスの声には、少しの迷いも感じられなかった。

真実を知りたかったのは本当だけれど、こんなことは知らなくてもよかったと、ビアンカの目に涙が滲む。

なにも知らず、ただただ、彼に愛されているのだと勘違いしていたほうが何倍もマシだった……と思うのは、ビアンカが今、彼をとても愛しているからだ。

「じゃ、じゃあ……今日からはもう、夜は必ず一緒、というわけではないの？」

ビアンカはルーカスを見上げながら、恐る恐る尋ねた。

この後任務が完了したら、もう毎夜、彼に抱かれる必要もなくなる。それを寂しく思うなんて……自分は相当な末期だと、落ち込んでしまうけれど。

「それとこれとは、話が別だろう」

「へ……？」

「任務はあくまで任務であり、ビアンカのこととは関係ない」

さらりとそんなことを言ってのけたルーカスは、大きな手でビアンカの髪を優しくなでた。

かくいうビアンカは、ルーカスの言っていることの意味がわからず、首をかしげるばかりだ。

『私を抱いたのは策略のためなのか』という質問に、『そうだと言ったら、どうする？』などと聞き返してきたというのに。

今さら、任務は任務、ビアンカはビアンカだと言いきる理由がわからない。

「さっきのはお前がかわいいから、からかっただけだ」

「か、からかったって……」

「俺は今日まで、策略のためにお前を抱いたことなど一度もない」

「え……」

驚き、目を見開くビアンカの額にルーカスはそっと口づける。

「王太后を焦らせるだけなら、噂を流すだけで十分だからな。お前を毎夜抱きつぶしたのは……俺の意志だ」

「……っ」

「俺の下で鳴くお前がかわいすぎて、いつも加減が効かなくなる。お前の中を、俺で埋め尽くしてやりたくなるんだ」

「な……っ」

「ビアンカを抱くときは、理性など無意味なものにすぎない。最初の頃、お前に焦らされた分……自分でも、思った以上に歯止めが効かないらしい」

『満足できないのなら、毎夜、ビアンカ様の意識がなくなるまで抱きませんよ』

ルーカスの言葉に、アンナに言われたことがビアンカの脳裏をよぎった。

策略のために抱かれるのは嫌だと、たった今、思ったばかりだけれど。

だからといって、すべては彼の意志だと知らされたら、それはそれで複雑だ。

「揚げ句、これからすべてが片づけば、より、心置きなくお前を抱ける」

「……なっ」

「愛おしいお前にまとわりつく危険はすべて、俺が取り除く。だからその報酬として、お前を一生俺の手もとに置いておくと、もう決めた」

言いながら、優しく目を細めた彼は、真っすぐにビアンカを見つめていた。

吸い込まれるような、美しい黒の瞳。

流れる黒髪も、綺麗な肌も。神が意図してつくり上げた芸術品のような彼のすべてに、囚われた。――だけど。

「……私だって」

「ああ」

「私のほうこそ、もう、あなたを離してなんかあげないんだから。疲れたあなたが羽根を休める寝床になれるよう……私はずっと、あなたとともに歩んでいくわ」

黒翼の騎士団長。黒い翼を持つ鴉。

冷酷無情と言われる彼が、唯一羽根を休める場所になりたいと、ビアンカは強く願っていた。

そのためには――もっと、もっと。強くならなきゃいけない。

「……俺はもう十分、お前には救われている」

けれど、決意を言葉にしたビアンカを見て、ルーカスはそっと目を細めた。

「ビアンカこそが、俺の生きる理由だ」

「私が、生きる理由？」

「ああ。お前にはじめて出会ったあの日から……お前だけを想って、俺は今日まで生きてきた。お前だけが、俺の目指す光だった」

そっと、頬に添えられた手は燃えるように熱い。

ゆっくりと近づいてきた、彼の影。

唇に触れた熱は熱く、心に優しい灯を灯してくれる。

「さぁ、行くぞ」

ビアンカが彼の言葉の意味を問うより先に、ルーカスが未来に続く扉に手を掛けた。

今――まさにこの扉の向こう、応接間を抜けた先では、晩餐会が開かれている最中だ。

間違いなく、王太后もこの先にいるだろう。

「……大丈夫。絶対に、下は向かない」

ドレスは汚れて埃まみれ。髪だってグチャグチャだし、顔もきっと汚れているに違いない。

それでも……ルーカスが、この手を握っていてくれるなら。なにが起ころうとも彼とふたりで、前を向ける。

堂々と、彼の隣で。彼の妃として自分は、彼を信じて顔を上げよう。

「失礼、いたします」

ゆっくりと、その言葉を合図に目の前の扉が開かれた。ビアンカの腰に手を回したルーカスは、彼女を守るように体を引き寄せながら部屋の中へと歩を進める。

「国王陛下。遅れてしまい、申し訳ありません」

「ルーカス!? それに、ビアンカ王女……!?」

一番に目に飛び込んできたのは大理石で造られた、大きなダイニングテーブルだった。

そして、その上に並ぶ豪華な料理を囲うように座っている、近隣諸国の王たち。

頭上の大きなシャンデリア。金色に輝く燭台と、華々しい美術品の数々。

けれどそのどれよりも美しいルーカスは、驚いた表情でこちらを見ている王太后を見つけて目を細めた。

「ルーカス、突然現れて何事ですか」

口火を切ったのは王太后陛下、その人だった。

彼女の口から出た冷たい声に、ゲストたちがいっせいに彼女へと目を向ける。

「大切な皆様をお招きした晩餐会前に、突然上着を脱ぎ捨てて出ていったらしいわね……。その服装、まさか騎士団の仕事でもしていたのかしら？　第二王子という立場でありながら、ずいぶんと身勝手がすぎること」

嘲笑混じり、吐き捨てるようにそれだけを言った王太后は、チラリと近隣諸国の王族たちへと同意を求めるように目をやった。

彼らは彼らで、突然のことに驚き困惑している様子だ。

「あなたには、優秀なオリヴァーの王弟であるという自覚が足りないわ」

まるで、この場にいる全員の前でルーカスを貶めようとしているみたいだとビアンカは眉根を寄せた。

王太后は彼らの中で、ルーカスという人間がいかに愚かであるかを見せつけ、彼の評価を下げようとしている。

「申し訳ありません。少々緊急事態が起き、正装姿のままで飛び出そうとしたところ、あなたと懇意にある前宰相アーサー殿に因縁をつけられまして」

「……因縁？」

思いもよらないルーカスの言葉に、ビアンカは慌てて彼を見上げて言葉を待った。

「いくら緊急事態だからといって第二王子である私が、大切な晩餐会を欠席するなど何事だ、と。着ている服は飾りなのか、だったら今すぐ脱いでいけと、笑われまして」

前宰相アーサーは、ルーカスはこれから処分される人間であると決めつけていたのだろう。

あの男……アストンの元将軍の手により、彼は始末されるものだと信じていたのだ。

結果は、ルーカスの圧勝だったけれど。本来であればビアンカを人質に取っていたあの男のほうが、何倍も有利な戦いだったはずなのだ。

「そのような事情もあり、上着は捨てて外に出ました。私としても、着慣れた騎士団の制服のほうが指揮をとりやすかったので」

その言葉に、ビアンカは思わず息をのんだ。

ルーカスは先ほど、『私を探すためにわざわざ、正装から着替えたのか』というビアンカの質問に、『指揮をとるには、どうにも正装のままだとやりづらくて』と答えたばかりだ。

そのときは、なにがやりづらいのかと疑問に思ったが、まさかそんな背景が隠されていたとは夢にも思わない。彼はビアンカを一刻でも早く見つけるために正装を脱ぎ、黒いコートをまとって動いてくれたのだ。

「ふん。どんな事情であれ、大切な晩餐会を蹴ってまで飛び出していったあなたが、その姿でこの場に現れるなど低俗以外の何物でもないわ」

「……母上」

見兼ねたオリヴァーが声をかけるが、王太后はそれをそっと目で制す。

「オリヴァー、あなたは黙っていなさい。あなたが甘やかすから、各国の皆様の前でこのような恥をかくはめになったのよ」

彼女は本当に、ルーカスを愛してはいないのだ。王太后のほうこそ、このような場で息子をけなすなど、本来ならあってはいけない。

「その、隣の薄汚れた妃も。よく、その姿でこの崇高な場に顔を出せたものだわ」

吐き捨てるようにそれだけを言った王太后は、ルーカスとビアンカを見て忌々しそうに目を細めた。

事情のわからぬ他国の王族たちは困惑し、うろたえながらも事の成り行きを見守っている。

「……ルーカス。それに、ビアンカ王女。これはいったい、どういうことだ」

その中でも国王であるオリヴァーだけが、冷静だった。オリヴァーはいつもの穏やかな表情を消して、ルーカスからの答えを待つ。

「晩餐会が始まる前、我が妃がさらわれました。そのため私は、彼女を取り戻しに出たのです」

「さ、さらわれた……⁉」

「どういうことだ‼」

オリヴァーへ本題を切り出したルーカスを前に、今の今まで黙りこくっていた王族たちが、それぞれに驚きを声にした。

「さらわれたとは、いったい……。ビアンカ王女が王宮外へでも、出たというのか」

「いえ、彼女がさらわれたのは王宮内です。監禁されていた場所も、宮内でした」

ルーカスの言葉に、ざわめきはいっそう大きくなる。

ビアンカがさらわれたのが王宮内となれば、犯人は王宮内にいる者と考えるのが普通だろう。そうなるとここにいる誰もが不安を抱き、うろたえることはごく自然の反応なのだ。

「まさか、あなたが率いるご自慢の騎士団が、賊の侵入でも許したのかしら？」

その中で、至極冷静かつ、待ってましたとばかりに口を開いたのは王太后だった。

「賊の侵入を許すなど、あってはならない失態だわ。本当に……恐ろしい。今後のためにも騎士団の体制を、見直さなければいけないのでは？」

飄々《ひょうひょう》と言ってのける王太后の自信は、いったいどこから出てくるのか。

けれど、これも彼女の狙いなのだろう。

王立騎士団に不名誉を与え、ルーカスの立場を危うくすること。ルーカスとビアンカが助かっても、こうすることを彼女は最初から目論んでいたのだ。

「国の英雄だとかなんだとか言われていても、失態にはそれ相応の罰が必要よ」

王太后の言葉にビアンカは思わず怒りで肩を震わせた。

けれど隣に立つルーカスが、ビアンカを落ち着かせるようにそっと体を引き寄せる。

今、ここで王太后のペースにのせられてはいけない。王太后はおもしろそうに目を細めて、ふたりが取り乱すことを期待しているに違いないのだから。

「……今、言ったことは誠なのか、ルーカス」

「はい、国王陛下。王太后陛下のおっしゃる通り、賊の侵入を許したのは我が騎士団の失態といえましょう」

言いながら頭を下げたルーカスを前に、オリヴァーは苦々しげに眉根を寄せた。

「本日は大切なゲストをお迎えしての晩餐会。我が騎士団は通常の二倍以上の警備を配置し、細心の注意を払っておりました」

「それは知っている。だからこそなぜ、こんなことになったのか不思議なのだ」

「我々は外部からの侵入者を意識するあまり、内側の敵を泳がせすぎたのです。それは間違いなく騎士団の失態であり、それを取りまとめる私の失態だったともいえます」

「内側の敵……？」

ルーカスから告げられた言葉に、オリヴァーが目を見開いた。

内側の敵。国王であるオリヴァーからすると、聞き流せない言葉だろう。

「ルーカス、内側の敵とはどういうことだ」

案の定、声を潜めたオリヴァーが、ルーカスに説明を求めた。オリヴァーの視線を真っ向から受け止めたルーカスは、再び静かに口を開く。

「内側の敵は私の命、そして私の妃の命を狙っておりました」

「ふたりの、命を……？」

「はい。しかし、それはあくまで最終目的です。今回、それがたとえ失敗に終わっても、敵は私の失脚、そしてあわよくば王立騎士団の実権を握ることができればよいと考えていたのです」

そのとき一瞬、王太后の表情が曇ったことを、ビアンカは見逃さなかった。

ルーカスも、同じだろう。彼女を挑発するように、フッと口角を上げた彼はオリヴァーに目を向けたまま、淡々と言葉を続ける。

「晩餐会の開かれる今日を選んでビアンカをさらったのも、そのためです。寵愛する姫をさらわれ、冷静さを欠いた私が、この場に乗り込んでくることを内側の敵は、狙っていた」

王太后は、ルーカスを騎士団長という地位から失脚させようと目論んでいたのだ。

そして今回の失態を武器に、彼に罰を与えようとしていた。

まさかそれが返り討ちにされようとは、思ってもいなかっただろう。

「近隣諸国の名だたる王たちの前で、私に恥をかかせ……王宮内に賊を侵入させたという失態を見せつけ、王立騎士団の名に泥を塗る。そうすることで、我が騎士団の体制の見直しをオリヴァー国王陛下に求め、私の立場を悪くさせようとお考えだったようですが」

「……っ‼」

「王宮内に侵入し、ビアンカをさらった男はすでに我々騎士団が捕えております。さらに、男と共謀して彼女と私の命を狙った人間の割り出しもすみ、我々の手中に。……今回の計画を記した書簡や証人もすべて、我々が押さえています」

「なに……?」

ルーカスの言葉に、再び王族たちがざわめきだした。

ビアンカに手を出そうと目論んだダラムの国王など、「このような危険な国からは今すぐ撤退だ!」と、喚く始末だ。

「ルーカス。お前が言う、その内側の敵とやらは、まさか……」

「その男の言うことは、すべてまやかしだ‼」

たまりかねたように声を荒らげたのは王太后だった。

突然のことに、ルーカス以外のその場にいる全員が息をのみ、黙り込む。

「その男は、私を……この高貴な私を、貶めようとしているのだ‼　あの……あの女と同じように‼　私から、先代国王の心を奪ったあの汚らわしい女のように、私を今、貶めようとしている‼」

「あの女……?」

ぽつり、と、怪訝そうな声をこぼしたのは、ゲストのひとりであるダラム国王だ。

「そ、そもそも賊がもし王宮内に侵入できたとしても、騎士団が守る宮内を自由に動き回るなど不可能……！　そ、そうよ、不可能なのに動き回れたということは、騎士団の中に裏切り者がいるということに違いないわ‼　間違いない、そうに決まっている‼」

顔色を青く染めた彼女は、ワナワナと震えながらもどこか、勝ち誇ったような笑みを浮かべていた。

きらびやかなドレスと宝石。品よく施された化粧と丁寧に結われた髪。

けれど、彼女が身につけた装飾品がどれだけ美しく輝こうとも、彼女の心は灰色に汚れている。

「……王太后陛下はなぜ、騎士団の中に裏切り者がいるとお思いで？」

努めて冷静に尋ねたのはオリヴァーだった。彼は真っすぐに彼女を見据えたまま、背筋を伸ばして堂々としている。

「そ、それは決まっているわ、オリヴァー！　その賊とやらに、騎士団の裏切り者が今日のために作られた〝特別な警備配置図〟を渡したのよ‼　そうでもしなければ、賊が宮内を動けるはずもない！　やはりすべては、騎士団を統べるルーカスの失態よ！　だから今すぐ罰せられるべきなのは、そこにいるルーカスで――」

と、王太后がそこまで言いかけたところでオリヴァーが一歩、前に出た。

「お言葉ですが、王太后陛下。今回の晩餐会において〝特別な警備配置図〟というものが用意されていたことは、現セントトリューズ国王であるこの私と、王立騎士団を統べる騎士団長ルーカス・スチュアート、そして彼の指揮するごく一部の騎士団員だけしか知らされていない機密事項です」

「え……」

オリヴァーの言葉に、王太后が驚いたように固まり息をのむ。

「これほど豪華な王族の皆様を呼んでの晩餐会です。いつもの警備よりも格段、複雑な警備配置を行っている。だからこそ私は、普段は作らぬ警備配置図を、特別に持ち運べる紙としてルーカスに作るように指示を出した。そうだな、ルーカス？」

「はい、国王陛下……」

ルーカスがオリヴァーの言葉を肯定するように胸に手をあて、頭を下げる。

「機密事項のため、今回に限り作られた警備配置図を持たせたのも私の知る限りの人間のみ……。それなのになぜ、あなたがその存在を知っているのですか、王太后陛下？」

有無を言わさぬオリヴァーの言葉に、とうとう王太后が黙り込んだ。

温厚な、いつもの彼ではない。今、オリヴァーの目には隠しきれない怒りと失望の色が滲んでいる。

「ルーカス、もう一度聞こう。今回、お前の妃をさらい、お前の失脚を企てた張本人はいったい誰だ」

「……」

「私に遠慮などする必要はない。ハッキリと今、この場で報告せよ」

再び強く言い放ったオリヴァーは、ルーカスを真っすぐに見つめていた。

ルーカスは一瞬難しそうに眉をひそめた後、彼の強い目を見つめ返す。

王太后は、まがりなりにもオリヴァーの実の母なのだ。だからこそルーカスは、ゲストの前で彼の母を貶めることを躊躇していたのかもしれない。

けれど、そんなルーカスの優しさに、彼の兄であるオリヴァーは気がついていた。

「……ルーカス」

「……はい。王宮内に賊を引き入れたのは、王太后陛下です」

「な……っ⁉」

再びざわめきだしたゲストたちに臆することなく、ルーカスは言葉を続ける。

「そして、彼女と共謀して動いていたのは前宰相アーサーです。賊とアーサー、ふたりの証言が一致すれば、我々の命を狙った黒幕が王太后陛下であることが、より明確となるでしょう」

キッパリと言いきったルーカスは、ゆっくりとその黒い瞳を王太后へと移した。

「ルーカス……それは、誠なのか」

「はい、国王陛下。必要な証拠は、揃っております」

「失礼いたします‼」

そのとき、凛とした声が大食堂内に響き渡った。

大食堂内にいた全員が声のしたほうへと振り向くと、そこには騎士団員であるジェド、そして騎士団員たちに両腕を抱えられた前宰相アーサーの姿がある。

さらに以前、ビアンカが王太后と回廊で話をしたときに、王太后のうしろに控えていた侍女の姿まであり……。

「アーサー‼」

彼らを見て、王太后は悲鳴のような声をあげた。

「このような厳粛な場でのご無礼、申し訳ありません。団長の命令により、証言者を連れてまいりました」

ハッキリと透る声で言葉を述べたジェドは、いったいいつから扉の向こうに控えていたのか。

うつむくアーサーを連れながら一歩、前に出る。

小さく震えるアーサーは、もともと男にしては体が小柄なほうではあるが、今はいつも以上に小さく見えた。

「アーサー殿。そなたに聞きたいことがある。私の前で、偽りの証言をすることは許されない。それを肝に命じて、答えよ」

「……はい、国王陛下」

消え入るような声で返事をした彼に、オリヴァーは努めて冷静に言葉を続ける。

「そなたと、私の母である王太后陛下が手を組み、我が弟であるルーカスと、その妻ビアンカの命を狙ったというのは本当か？」

「は、はい……。私は、王太后陛下に命令され、ルーカス殿下に恨みを持つ男を探し、ここにいる騎士団員を騙して警備配置図を男に渡しました。さらに、その後で報酬を渡す手配の準備まで……行った次第です」

「いったいなぜ、そのようなことを？」

「それは……ルーカス殿下亡き後は、私の息子を王立騎士団の騎士団長に据えてくださると、王太后陛下が約束してくださったからです。王太后陛下とはずいぶん前から、ルーカス様の地位を奪うための計画を練っていたので……」

「アーサー‼　なにを言う……‼」

再び、耳をつんざく悲鳴のような声が、大食堂に響き渡った。

怒りで顔を真っ赤にした王太后を見て、アーサーは年甲斐もなく怯え、唇を震わせている。

「そちらの、侍女は。たしか以前より、母に仕えていた者と記憶するが」

「は、はい……‼　わ、私は……今朝、突然、王太后様に贔屓の宝石商の男が訪ねてくるので、王宮内に入れるようにと言われました。彼とはゆっくり話したいので、離れの棟へと通すようにと言われて……案内しました」

その、男というのがアストンの元将軍であり、ビアンカをさらった賊であったということは、その場にいる全員が優に想像のつくことだった。

ゆっくりと、オリヴァーの青に輝く瞳が王太后へと向けられる。

その目には蔑みとも取れる色が滲んでいて、ビアンカは思わず息をのんだ。

「母上……いや、王太后殿。今、彼らが言ったことは、事実ですか？」

誰もが息を殺して、彼女の口から出る答えを待った。

彼女の目を彩るのは憎悪と嫌悪。そのどちらもが、質問をしているオリヴァーではなくルーカスへと向けられている。

「王太后殿……」

「……薄汚い鴉を排除しようとして、なにが悪い」

「……っ」

「あの鴉は‼　オリヴァー亡き後、王位継承権を得てセントリューズを我が物にしようと考えているのだ‼　だから私は、セントリューズのため……そして、オリヴァーのためにこの手を汚した‼　けがれた血が、由緒正しきセントリューズの王の座につくなど‼　決して、許されることではないのだから‼」

顔を真っ赤に染め上げて、肩で息をする王太后には、もう周りを気にする余裕などなかった。

ルーカスが、彼女の実の息子でないことを知らない面々は、驚いたように固まり言葉をなくしてしまっている。

いや、むしろ王太后はこの機会にすべてを公にして、長年煩わしく思っていたルーカスという存在と、決別しようと考えていたのかもしれない。

ルーカスを悪人に仕立て上げることで、彼女は自分を正当化しようとしていたのだ。

「オリヴァー‼　あなたも、あなたよ‼　あなたが早く妃を娶って世継ぎをつくらないから、こんな鴉になど付け込まれるのです‼　セントリューズを、この男に乗っ取られてもよいのですか!?」

「……母上。私は、ルーカスがセントリューズを乗っ取ろうなどと考えているようには、とても思えません」

彼女の言葉をキッパリと、オリヴァーが否定する。

「ハ……ッ。あなたって子は、本当に優しいのね。ルーカスは、その女と共謀し、毎夜子づくりに励んでいると聞いたわ。薄汚い鴉の妃も、しょせん薄汚い女よ‼　このままではいつか、今度はあなたが、そのふたりに命を狙われる‼　あなたを殺して、セントリューズを我が物にしようと、このふたりは企てて――っ!?」

――バシャンッ‼

そのとき。突然、大きな水音が室内に響いた。

いつの間にかルーカスの腕から抜け、テーブルの端に置いてあった水差しを手に取ったビアンカは、興奮してオリヴァーに詰め寄る王太后のそばまで近づいた。

そして、彼女のうしろに立つと彼女の頭上で水差しをひっくり返したのだ。

おかげで頭から水をかぶり、ずぶ濡れになった王太后は時間が止まったように固まっている。

「失礼しました。少々手が、すべってしまいまして」

言いながらビアンカは、努めて上品に微笑んだ。

そんなビアンカを見て、ハッと我に返った王太后はたちまち目を血走らせ、ビアンカのことを睨みつける。

「無礼者‼　いったいなにを、考えている‼」

冷たい水が一瞬で沸騰しそうな剣幕で怒り、声を荒らげた王太后。

けれどそれをニッコリと微笑み受け止めたビアンカは、すぐに顔から表情を消す。

「あまりにも腹が立ったので、我慢ができませんでした」

ビアンカが飄々と言ってのけると、その場にいた全員がゴクリと喉を鳴らした。

「王太后陛下。あなたの言い分は、あまりに身勝手です」

「な、に……？」

「結局あなたは、セントリューズのため、オリヴァー国王陛下のためと言いながら、自分の立場を守りたいだけなのでしょう。自分の思うままに周りが動かないと気がすまない子どもだわ。すべてが自分の意のままになることなんて、あり得ないのに」

本来なら、こんな口をたたいて許されるはずもない。

それどころか気品の欠片もない言葉。あとでアンナに知られたら、こっぴどく叱られることだろう。

それでも今は、言葉を選んでなどいられなかった。

腹が立つ。怒っている。ひと言どころか、ふた言も三言も言ってやらなきゃ気がすまない。

「私、以前、言いましたよね？　私は、ルーカスの正妃である、と。彼の妻である私の前で、彼を侮辱することは……たとえ相手が誰であろうと、私は絶対に許さない」

ルーカスは、騎士団長という立場柄。きっと、ここでなにを言われようとも絶対に言い返さないはずだ。

むしろ、興奮して我を失っている王太后を前に、しめたものだと思っているかもしれない。

自ら罪を自白し、自滅に向かってくれるのだから。ルーカス自身がそう仕向けた以上、彼にとっては王太后になにを言われようとも関係ないのだ。

「ルーカスが、セントリューズを我が物にしようと企てている？　私が、ルーカスと共謀して毎夜子づくりに励んでる？」

だけど、ビアンカは違う。ビアンカは善良なる一般市民――いや、一応王族で、騎士団長であるルーカスに嫁いだ身だ。自分が生涯をかけて愛すと決めた男が、薄汚いだのなんだのと侮辱され、黙っていることなどできるはずもなかった。

その上、近隣諸国の王族たちの前で、ふたりの夜のことまで口にされ……とんでもないとばっちりだ。

「私たちが、オリヴァー国王陛下の命を狙っているなんて……勘違いも、はなはだしい」

むしろオリヴァーには心から感謝している。なぜなら彼のおかげで、ルーカスを知ることもできた。

「あなたの残念な妄想のせいでさらわれた揚げ句、綺麗なドレスはクタクタ。コルセットに締めつけられてただでさえ苦しいのに、頭にタンコブまでできたこっちの身にもなってよ」

「……タンコブ？」

ビアンカの言葉に、一瞬、ルーカスの口からうなるような声が出た。

それに気づいたジェドは肩を震わせ、牢屋の中にいるアストンの元将軍に心の中で十字を切る。

「本当なら、頭から水をかけたくらいじゃおさまらないほど、あなたに対して腹が立っているけれど……」

思いっきり、頬を叩いてやりたいくらいには苛立ってもいるけれど。

「建前上でも、あなたは私の夫の母なので。私は、あなたに敬意を払います。ルーカスが……最後まで、オリヴァー国王陛下の母であるあなたを、この場で貶めることを躊躇したように」

「……っ」

「短い間でしたが、お世話になりました。ルーカスを……今日まで生かしてくれたことに心から感謝いたします」

それはビアンカからの、精いっぱいの譲歩だった。

本当なら、自分とルーカスを殺そうと思った相手に感謝の言葉など述べたくはない。それでも今日まで……ビアンカとルーカスが結ばれる日まで、彼女はルーカスを殺さなかった。

ただ、今回のような機会とキッカケがなかっただけなのだろう。

今日まで何度か、彼の命を狙ったこともあるかもしれない。

だけど、たとえそうだとしても、ルーカスは今、生きている。

今、ビアンカの隣に彼がいるのは――王太后が自分のプライドを守るためでも、彼を生かしたからにほかならない。

「……私は国王として、常に公正な判断をしなければなりません」

唐突に、口を開いたのはオリヴァーだ。

「ルーカスは、我が国の誇る優秀な騎士団を率いる男。そして……私の心強い右腕であり、大切な弟です」

彼はビアンカを見て穏やかに微笑んでから、今度はルーカスへと目を向けた。

「王太后陛下、前宰相アーサー。そして、すでに捕らえた侵入者とともに、引き続き騎士団が身柄を拘束せよ」

「はっ」

「処分については今後、十分な調査を行った後、決めることとする」

そのオリヴァーの言葉を合図に、ジェドとともに大食堂に来ていた騎士団の精鋭たちが、王太后の横に立った。

それを視線だけで追っていたビアンカは、不意に背後に気配を感じて振り返る。

するとそこには彼女のうしろを守るように立つルーカスがいて、彼はビアンカを見ると、そっとその目を優しく細めた。

慈悲深い彼の目は、ビアンカだけにのみ向けられるもの。

無性に胸が熱くなったビアンカは、たまらずに彼の腕の中に飛び込んだ。

「――王太后陛下。あなたには生きて、罪を償っていただく」

「え……」

「簡単に死んでしまうよりも、生きて罪を償うほうが何倍もつらいそうです。だからあなたには、これから生きながらにして、オリヴァー国王陛下と……我々が築く新しいセントリューズを見ていただこう」

真っすぐに、王太后へと向けて宣言したルーカスは、ビアンカの体を抱き寄せた。

たった今、彼が口にした言葉は先ほど、ビアンカがアストンの元将軍に向けて放った言葉だ。

あのときビアンカは、しょせん、戦場を知らない自分の考えは甘いのだろうと思ったけれど……ルーカスはビアンカの想いをくみ、肯定してくれたのだ。

お前は間違ってはいないと、認めてくれた。

「ルーカス……」

「ビアンカ。俺たちの部屋に、帰ろう」

ビアンカを抱きしめるルーカスの腕は、いつだって温かい。

結局その日の晩餐会はそのままお開きとなり、セントリューズの国内外は、しばらくの間、騒がしかった。

けれど、事の成り行きを見守っていた近隣諸国の王たちは口々に、ささやいていたという。

――セントリューズは、あの兄弟によってまた大きく勢力を伸ばしそうだ。

しがらみを捨てた兄弟の絆は深いものになったと、オリヴァーとルーカスのふたりをひどく恐れた。

そしてなにより、名だたる王たちが注目したのはルーカスの妃、ビアンカ・レイヴァだ。

冷酷無情な騎士団長を支える妻は、とても肝が座った女だと……。

怒らせると一番厄介なのは、ルーカスの妻であるビアンカだと。

ビアンカの意思とは裏腹に、彼女は近隣諸国にその名を馳せることとなってしまった。

騎士団長の腕の中で花嫁は眠る

「ねぇ、アンナ。今日こそは、帰ってくると思う?」

波乱の晩餐会が幕を閉じてからというもの、セントリューズ国内は慌ただしい日々が続いていた。

王太后と前宰相が逆賊になるなど前代未聞の出来事で、ルーカスを含めた騎士団の精鋭数名以外は誰も予想していなかった。

結局、ふたりのしたことは国を危険にさらす行為とみなされ厳罰を受けることが正式に決定した。

王弟であり、王立騎士団の騎士団長を務めるルーカスを殺そうとした罪。

そして、その妻であるビアンカの命までもを狙った。

さらには、それが失敗に終わったときにも、友好国とはいえ近隣諸国の王たちの前でセントリューズの誇る騎士団に泥を塗ろうとしたのだ。

騎士団の名が折れれば、好機をついてセントリューズに攻め入ろうとする国も出てくるかもしれない。

結果として彼らは大国をおさめるオリヴァーの治政の邪魔をしただけでなく、伝統あるセントリューズの名そのものに泥を塗ったのだ。

「もう、今日で一週間よ……」

ベッドの上で膝を抱えながら、ビアンカは慌ただしく過ぎた一週間のことを思い出して、深いため息をついた。

混乱しているのは国内だけでなく王宮内も同じで、ビアンカはこの一週間、部屋から出ることも制限されている。

けれど、ため息の原因はもっと別のところにあるのだ。

それはこの一週間……ずっと、この部屋に戻ってこない夫のこと。

ルーカスは晩餐会が終わってからビアンカを部屋に送り届け、そのまますぐに、後処理のためにと部屋を出ていってしまった。

「ルーカス様が夜、ビアンカ様のもとに帰ってこなくなってから、もうそんなにも経つのですね。そうなると、そろそろ別の女の影を疑いたくなるお気持ちも、よくわかりますよ」

ニヤリと含み笑いを浮かべながら紅茶をカップに注ぐアンナに向けて、ビアンカは手もとにあったクッションを投げつけたくなった。

本当に、アンナはビアンカの侍女なのか。もっと素直で従順で、なによりビアンカに優しい侍女を探したほうが今後のためかもしれない。

「もう、アンナなんて大嫌い……」

唇を尖らせると、アンナが再び笑みをこぼす。

「申し訳ありません。今のは悪い冗談でした。ですがルーカス様が今、一連の出来事の後処理でお忙しいのはビアンカ様もご承知の上でしょう？　夜、帰ってこられないのも任務が立て込んでいるせいだと、ジェド様が直々に説明に来られたではありませんか」

そうだ。アンナの、言う通りなのだ。

セントリューズを揺るがす大事件のせいで、オリヴァー国王陛下をはじめとして、王弟であり王立騎士団長を務めるルーカス、そして王立騎士団と王宮内はこの一週間落ち着かなかった。

とくにオリヴァーとルーカス、そして騎士団については事後処理のために毎日忙しく動いている。

二度と、今回のような失態があってはならない。

そのために王太后と前宰相アーサーはもちろんのこと、ビアンカをさらったアストンの元将軍、その元部下やアストン国を含め、関連する人間たちすべてを調べ上げるという周到さだ。

言葉にすると簡単で、当然といえば当然のことなのかもしれないが、そのすべてを指揮するルーカスの忙しさがどれほどのものなのか、さすがのビアンカにも想像がつく。

「……だからって、少しくらい、私に顔を見せてくれてもいいじゃない」

けれど、頭ではわかっていても心が追いついてくれない部分があるのも、本音だった。

そして、ビアンカのその本音はアンナにしか言えないということも、侍女のアンナも重々わかっていた。

一週間前、部屋に送り届けてもらってから、ビアンカは一度もルーカスに会っていないのだ。

ジェドを使いに出すくらいなら、自分が会いに来ればいいのに……と、ビアンカがやさぐれるのも無理はない。

セントリューズに嫁いでからはじめてひとりで眠るベッドは心細くて、初日は柄にもなく枕に顔を埋めて泣いてしまった。

……ルーカスに、会いたい。自分はこんなにも弱かったのかと情けなくもなる。

たった一週間。されどあまりにも長く感じる時間に、ビアンカはすっかり落ち込み、心はささくれ立っていた。

「……ルーカスの、バカ」

ぽつりとつぶやくと、また涙がこぼれそうになる。

そのタイミングでサイドテーブルに置かれたカップの中には、ビアンカの大好物である濃いめのミルクティーが入れられていた。

「大丈夫ですよ、落ち着いたらそのうちひょっこり、顔をお出しになられます」

アンナのこういうところが、ビアンカは好きで好きでたまらない。

結局、アンナがビアンカよりも何枚も上手なのだ。もしかして……この手で、世の男性たちを虜にしてきたのかもしれない。

「……そのうちって、いつ頃?」

「そのうちは、そのうちです」

「そんなこと言っているうちに、もしかしたら一生ルーカスに会えなくなる可能性も……」

「ビアンカ様、口は災いのもとですよ」

縁起でもないことを言いだしたビアンカを、アンナがピシャリとやっつけた。

ルーカスとアストンの元将軍が対峙した様を間近で見たビアンカは、彼がどれだけ危険な職務をこなしているのか今さらながらに思い知ったのだ。

ひとりきりになると、どうしても縁起でもないことを考えてしまう。

ルーカスの顔を見られない時間が続けば続くほど、もしかしたらという思いばかりが膨らんで苦しくなった。

「ルーカスに、今すぐ会いたい……」

抱えた膝に口もとを埋めると、いよいよ涙がこぼれ落ちた。

ルーカスが忙しいことはわかっている。けれどそれに比例して、心配ばかりが大きくなっていくのだ。

(どうして、こんな気持ちにならなきゃいけないの？　なんで毎日毎日、心配ばかりしなきゃいけないの……)

それは仕事にかまけて一向に顔を出さないルーカスのせい。

少しくらい、待ち続けるほうの身にもなってほしいわ！と、ビアンカも我慢の限界らしい。

「まぁまぁ、ビアンカ様。そうお気を落とさずに」

「ルーカスはきっと、私のことなんてすっかり忘れて仕事に没頭してるのよ！」

「それはまぁ否定できませんが、仕事なのですから仕方がないことですよ」

また、ルーカスの味方ばかりするアンナに腹が立つ。

「アンナは、私とルーカス、どっちの味方なの!?」

「それはもちろん、正しいほうの味方です」

「そこは、私って言うところでしょう！」

「うーん。ビアンカ様はやっぱり、まだまだお子様ですからねぇ」

「くぅ……っ！　もういい！　結局、私の気持ちなんて誰にもわからないのよ！　ルーカスのことが心配で、毎日毎日ルーカスのことを考えて……。だけどルーカスはきっと、そんなことは夢にも思わず、仕事のことばかり考えているに違いないわ！　ルーカスのバカッ、バカバカ！　ルーカスなんて、もう知らないんだか——」

「ずいぶんな言われようだな」

「……っ!?」

そのとき。甘く、耳に心地よい声が、ひとりで抗議を続けていたビアンカの耳に届いた。

弾かれたように顔を上げ、声のしたほうへと目を向けると、そこには騎士団の黒い制服を身にまとったルーカスが立っている。

「ル、ルーカス……？」

「アンナ、悪いが席をはずしてくれ」

壁に寄りかかっていた体を浮かせ、アンナにそれだけを告げたルーカスは、ビアンカを見てそっと目を細めた。

それを合図に穏やかに微笑んだアンナが、ルーカスに向かって深々と頭を下げる。

「ルーカス様。ビアンカ様は、いつも通りであれば明日明後日には月の障に入られます」

「な……っ⁉」

「今夜は明日の朝まで、ごゆるりとお楽しみくださいませ」

突然、なにを言いだすかと思えば。手際よくティーセットを片づけたアンナは、ワゴンを押して足早に部屋を後にした。

バタリと音を立てて閉じた扉、部屋に差し込むのは淡い月明かり。

広いベッドの上、真っ白なシーツの上にネグリジェ姿で座っていたビアンカは、慌ててベッドの中に潜り込んで涙を拭いた。

（なにが、お楽しみくださいませよ、アンナってば。今日は絶対に、ルーカスと一緒

に寝たりなんてしないんだから‼）

「……ビアンカ、怒っているのか？」

と、ほんの少しの間を空けて、ルーカスがビアンカに声をかけた。

ギシリとうなるベッドのスプリング。ルーカスが、ビアンカが隠れたベッドに腰掛けたのだ。

そうわかっていても、ビアンカはシーツに隠れて顔を上げることはできない。

「一週間も顔を出せず、すまなかった」

ルーカスの温かい手が、シーツの上からそっと、ビアンカの頭をなでた。

それだけでまた涙がこぼれそうになって、胸が痛いほど締めつけられる。

「まさかお前が、毎日毎日俺のことばかり考えているとは夢にも思わなかったんだ」

「……っ！」

先ほどのビアンカの言葉はすべて、ルーカスに聞かれていたらしい。

シーツに隠れたビアンカの頬が、ほんのりと赤くなって心臓が高鳴った。

「中途半端に会ってしまったら、仕事を投げ出してでも、お前をさらってしまいそうだった。以前のように、ビアンカを執務室に閉じ込めて……今度は一日中、お前の甘さに溺れたくなる」

バサッとコートがソファに投げられた音がした。

それにピクリと反応したビアンカだが、やっぱりシーツから顔を出すことができない。

「お前の気持ちを知ってしまった以上、お前に少しでも触れてしまえば、もう歯止めが効かないからな」

（……ずっと、歯止めなんて効いてなかったくせに）

喉の奥まで出かけた言葉をのみ込んで、ビアンカは続く言葉を待っていた。

「ビアンカ、今すぐお前に触れたい」

甘く、ささやかれたのは誘惑の言葉だ。

「ビアンカ……お前を、今すぐこの手に抱きたいんだ」

「……っ」

「かわいいお前を、ひと晩中鳴かせ、堪能したい」

「……ズルいっ」

「ズルくても、なんでもいい。もう限界だったから仕事を切り上げて会いに来た。俺はお前が考えている以上に、お前に溺れている。お前はそれも、よくわかっているだろう？」

限界なのは、ビアンカも同じだった。

ずっと待ちわびていた彼からそんなことを言われて——いつまでも意地を張っていられるはずがない。

「わ、私のほうこそ……ルーカスに会えなくて、寂しかった……」

そっと、シーツから顔を出したビアンカは、薄っすらと涙の滲んだ目でルーカスを見上げた。

そうすれば、フッと優しく微笑む彼の手に、壁となるシーツを剥がされてしまう。

「あ……っ」

「バカを言え。俺のほうが、ずっとお前に会いたかった」

「嘘……」

「嘘じゃないと、わかるだろう。俺がお前をどれだけ愛しているか——ビアンカはもう、その身をもって、理解しているはずだ」

言いながら、ベッドの上に広がるビアンカの髪を指先ですくったルーカスが、愛おしむように口づけた。

（……ルーカスの気持ちは、嫌というほどわかっているつもり）

ビアンカに触れる彼の手は、今日も変わらず温かい。いつだって彼の言葉は、真っすぐだから——。

「……ルーカス」

「うん？」

「ルーカス……」

「ああ」

「ルーカス……っ」

「なんだ」

「ルーカスってば……！」

「……焦らすなよ」

ベッドの上に寝転ぶビアンカの上に覆いかぶさって、あっという間にビアンカのネグリジェへと侵入したルーカスの手を、ビアンカは慌てて押し止めた。

（いやいや、今は久しぶりの再会を喜び合うところでしょう!?　たしかに気持ちはわかったけれど、あまりにも手が早すぎる……！）

愛おしい肌を堪能しようとしていたところを制されたルーカスは、不満そうに眉根を寄せているからいたたまれない。

「また、生殺しにする気か？」

「そ、そういうわけではなくて……！　先に、ルーカスに、聞きたいことがあるの！」

「聞きたいこと？　そんなもの、あとでいいだろう」

当然のように言い放ったルーカスが、再びビアンカのネグリジェに手を掛ける。

「ダ、ダメ……！　今聞かなきゃ、また、聞くタイミングを逃しそうだから……！」

その手を再度慌てて掴んだビアンカは、精いっぱい声を張りあげて抵抗した。

「それは一週間ぶりに肌を重ね合うことより、大事なことなのか？」

「あ、あたり前でしょう！」

「俺にとっては肌を重ねることのほうがあたり前に大事なのだが……」

「ル、ルーカスは、そうかもしれないけど……っ。というか、もう……っ。お願いだから、少しだけ待って……！」

抗議をしている隙をつき、ビアンカの足の間に割って入らんとしていたルーカスの胸を、ビアンカはなんとかして押し返した。

そうすれば今度こそルーカスは、観念したようにビアンカを組み敷いたまま、ため息をこぼす。相変わらず不満そうだが、とりあえず話は聞いてくれるようだとビアンカは小さく息を吐いた。

「それで、聞きたいこととはなんだ」

けれど、「手短に頼む」と続けた彼は、たいして待つ気もないらしい。

「え、えぇと、ひとつめは……そう、この間の事件のときに、ルーカスはジェドさんのこと、いつ気づいたの？　彼がアーサー公に使われてしまったと……」

ビアンカが尋ねたのは、この一週間、ずっと疑問に思っていたことだった。

あのとき、さらわれたビアンカはアストンの元将軍の話を聞いて、はじめて騎士団の誰かが事件に関わっていると気がついたのだ。

実際は関わっているというより、知らないうちに使われてしまっていたわけだが、ルーカスは元将軍から話を聞くより先に、ジェドが巻き込まれたことを知っていた。

「もしかして、ジェドさんがルーカスに、アーサー公に警備配置図を見せたことを報告したとか？」

そうして失態を犯したジェドを、ルーカスはビアンカを助けにくるより先に指導し、彼に罰が下らないように彼に手柄まで立てさせたのだ。

（まさか、ジェドさんがアーサー公に使われることを予言していた……なんてことは、さすがにないだろうし……）

だとしたら、いったいなぜ彼はジェドがアーサーに使われたことに気がついたのか。

「ジェドから報告を受けたわけではない。あれは……そうだな、俺の勘、みたいなものだ」

「勘……？」

思いもよらないルーカスの答えに、ビアンカはつい目を丸くする。

「ビアンカがさらわれたとき、俺はまず、あまりに短時間に犯行が行われたことを疑問に思った。複雑な警備配置がされているのに誰にも見つからず、ビアンカを連れ去ったとなれば……それは、犯人が警備の配置を知っていたということだ」

たしかに、言われてみればルーカスの言う通りだ。

いくら王宮内でも人気のない場所だったとはいえ、警備の目はどこにあるかわからないのだから迂闊《うかつ》に動くわけにはいかない。

「あのときの複雑な警備配置をすべて頭に入れることは不可能に近い。実際に警備についていた騎士団員たちも、自分の持ち場と周囲の持ち場を把握するので精いっぱいだった。となれば、必然的に配置図を持っている人間が怪しいということになるのだが……」

そこまで言ったルーカスは、その目を訝しげに細める。

「そもそも、配置図の存在すら公にはなっていないものだったのだ。そうなると、もしも俺が犯人の立場だったら……警備の総指揮を任せられた人間に、なにかしらのアプローチをするだろうと踏んだ。それが一番、手っ取り早いからな」

「え……」

「あの日はジェドが、俺の代わりに警備の総指揮をとっていた。ジェドは情報部隊ではないから、アーサーが王太后とよからぬことを企んでいることを知らなかった。右腕とも言えるジェドにすらそれを伝えていなかったのは……間違いなく、俺の失態だ」

淡々と、それだけを言ったルーカスであったが、彼はきっとジェドを巻き込んでしまったことを悔しく思っているのだろう。

自分がジェドを信用して、アーサーと王太后の目論みを伝えておけば、ジェドがアーサーにやすやすと警備配置図を渡すこともなかった。

けれど、国の重要機密……ましてや前国王正妃と前宰相が、謀反《むほん》を企てているなど と、いくら同じ王立騎士団の中でも簡単に公言できることではない。

それが、彼の信頼する右腕であっても。ルーカスは最後の最後まで、自分の事情に周りの人間を巻き込むことを躊躇していた。

「アイツが騎士団を辞めるようなことになれば、俺が先に任を降りた」

ルーカスのその言葉に、ビアンカは以前ジェドが言っていた言葉を思い出した。

『団長は周りにもとても厳しいですが、自分には人一倍厳しいお方です』

ジェドのその言葉の通り。ビアンカはそんなルーカスを尊敬すると同時に、とても、とても好きだと思った。

「ジェドさんも、無事に騎士団でいられることになって、本当によかった」

あの事件の後、オリヴァーの許しも出てジェドはいっさいの罰を受けずに今まで通り騎士団でルーカスの右腕兼ビアンカの護衛として活躍している。

「……お前は、ジェドに特別な感情など抱いていないだろうな」

「へ？」

「少なからずジェドは、お前のことを──」

と、そこまで言いかけて、ルーカスは眉根を寄せた。

「ジェドさんが、どうしたの？」

「別に、どうもしない。その件に関しては引き続き、俺の優秀な〝密偵〟に見張らせるので問題ない」

不満そうに吐き出されたルーカスの言葉に、ビアンカはキョトンとして首をかしげた。

ビアンカはその密偵が誰であるかなど知る由もないのだ。

幼い頃から自分に仕えている侍女が、『ビアンカに近づこうとする男がいたら、誰であろうと必ず報告せよ』などと、ルーカスから命じられていることなど――。

「ねぇ、ルーカス。前に、私たちがはじめて会ったときのこと、話したでしょう？」

「……ああ」

ニッコリと微笑んだビアンカは、真っすぐにルーカスを見つめた。

「それで、そのときルーカスは、私たちがなにか〝約束〟をしたと言ったわよね？　薔薇を綺麗に咲かせるということ以外で、なにかもっと別のことを……」

それはこの一週間、ジェドのことと同時にビアンカがずっと考えていたことだった。

大きく花開く、一輪の赤い薔薇。そしてそのそばで、剪定された花を手にしていた幼い頃のルーカスの姿。

汚れた薔薇をルーカスからもらったビアンカは、あのとき彼と、なにかを約束したらしい。

そこまでは以前、ルーカスから聞いたのだけれど……あの後ルーカスは、結局それに続く話を教えてはくれなかった。

「たしか、庭園で話しているところを晩餐会に招かれていた他国の王子に見つかって……。薔薇を奪われた私は泣きだして、一向に泣きやまないからルーカスが私に――」

と、そこまで口にしたところでふと、ある声が脳裏によみがえった。

『いつか、僕がもっと強くなったら、今度は君を泣かせないから、待ってて』

それは、幼い頃の彼の声だ。黒曜石のような美しい瞳と、艶やかな髪をなびかせたルーカスの声。

「あ……」

「……いつか必ず、君を迎えに行く。そしたら僕の、たったひとりの花嫁になって。きっと、君のことを幸せにしてみせるから」

──思い出した。

幼い日の約束を改めて口にしたルーカスの声に現実へと引き戻されたビアンカは、真っすぐに、目の前の彼を見つめた。

視線の先には美しい黒い瞳。

絹糸のようななめらかな黒髪も、芸術品のように端正な顔立ちも、あの頃から……変わっていない。

「……あの頃の俺は、剪定された薔薇に自分自身を重ねていた」

美しく、愛情を存分に注がれ真っすぐに咲く一輪の薔薇。そして、それを邪魔しないようにと剪定され手折られた、蕾のままの汚れた薔薇。

「誰からも愛されるオリヴァーと、けがれた血だと疎ましがられる自分。俺は自分が情けなくて……周りの人間すべてを、憎んでいた」

「ルーカス……」

「だけど、そんな俺を救い上げてくれたのが、ビアンカ、お前だ」

「……っ」

「けがれてなんかない、綺麗だ。自分が大切にする、いつか花が開くまで楽しみに待つと……あの日のお前が、微笑んでくれたから今の俺がいる」

結局、その薔薇はその後すぐに、どこかの国のワガママ王子に奪われて、行方知れずになってしまったけれど。

今……目の前にいるルーカスは、あのときビアンカが言った通り、王宮内に咲くどの花よりも気高く、逞しい青年へと成長した。

「俺が騎士団に入隊したのは、オリヴァーの地位を脅かす気はないという意思表示のためだった」

「……うん」

「国王として、国をおさめる技量と器を持つのは間違いなくオリヴァーだ。だから俺は、そんな兄の右腕となれたらいいと、ずっと思っていた」

第二王子という立場でありながら、騎士団という危険な職務を選んだルーカス。

騎士団長という称号は、彼の覚悟の表れだ。国のため、国民のため——自分が忠誠を誓う、国王のため。

命を賭して戦おうという、彼の決意。兄としてオリヴァーを慕う、彼の愛。

「……昔から、オリヴァーだけはどんなときも、兄として、弟の俺に優しかった」

そんな彼が、オリヴァーの地位を脅かそうなど。兄の命を狙おうなどと考えるはずもない。少し冷静になって彼らを見ていれば、優にわかることなのに、王太后はそんなことにも気づけずに、ルーカスを悪だと決めつけていた。

「オリヴァーだけはいつも、俺を自分の弟として扱ってくれた」

国王であるオリヴァーは、そんなルーカスの想いにも気がついていたのだろう。

自分のためならば命も捨てようという弟の覚悟に、聡明な彼が気づかないはずがない。

オリヴァーは気づいているからこそ、複雑な思いでいるのだ。大切な弟が、自分のためならば自らの命も省みないということを、心苦しく思っている。

「それじゃあやっぱり、ルーカスはオリヴァー国王の力になるために、騎士団に志願したのね」

「ああ。だが、それだけでなく……お前を、この手に迎えやすくするためでもあった」

「え……」

「我が騎士団は、セントリューズでも群を抜いた精鋭たちの集まりだ。情報収集にも長けている。今回、俺とお前の夜の噂や、お前の祖国が狙われていた話など……裏で暗躍していたのは騎士団の情報部隊だからな」

それにはなんとなく気がついてはいたものの、改めて言われると、ビアンカはなんともいたたまれない気持ちになった。

「ビアンカを花嫁として迎えるには、騎士団長という地位が必要だった」

「……うん」

「お前を幸せにするためには——ビアンカが生涯生きるこの国が、長く平和でなければならない」

それでも今、ルーカスを前にしてあふれるこの気持ちは……愛おしさ以外の、何物でもないだろう。

「俺はビアンカを幸せにすると、幼い頃に誓ったからな」

ビアンカの頬に手を添えたルーカスは、慈しむように彼女をそっと包み込む。

「いつか、剣の必要のない時代が来ればいい」

「……もちろん、その時代はオリヴァー国王陛下とルーカスがつくり上げていくのよね？」

そっと、ルーカスの頬に手をすべらせながら尋ねると、彼が優しく目を細める。

「ああ。それがお前の幸せならば、俺がその時代をつくり上げよう」

とても、とても壮大で気の遠くなるような話だ。

けれどルーカスなら。そしてオリヴァーならきっと、その礎を築いてくれるだろう。

「勘違いしないで。私の幸せはいつだって、あなたの隣にある」

「……ああ」

「だから、必ず、私をその時代に連れていってね」

愛おしい彼がいなければ、きっともう、ひとりの夜を越えられない。

なぜならビアンカは、知ってしまったから。

人を愛するという気持ちはこんなにも切なく――温かいということを。

「好きよ、ルーカス。ずっと、ずっと私を離さないで」

ルーカスの首裏に手を回し、彼を引き寄せて唇にキスをした。

その拍子に、温かい涙の滴が頬を伝ってこぼれ落ち、真っ白なシーツに小さなシミを静かにつくった。

好き、大好き。そんなビアンカの想いを包み込むように頬に伝った涙のあとを、温かい指先が拭ってくれる。

「離すものか。この先、なにがあろうとビアンカだけが俺の最愛の花嫁だ」

再び触れ合った唇は、甘い、花の蜜の味がした。

きっとこの先、なにがあろうと乗り越えられる。

美しい黒い翼を持つ彼となら、どんなときでも幸せを抱きしめて……温かい腕の中、輝かしい未来を夢見て眠りにつけるはずだから。

「私もあなたを、愛してる」

重なる手の温もりを感じながら、ビアンカはそっと微笑んだ。

そんな彼女を愛おしげに見つめるルーカスと夜空に輝く月だけが、ひと晩中、淡く優しく、彼女のことを包み込んでいた。

君という名の愛おしい花

「ルーカス、突然どうしたんだ？」

うららかなる昼下がり。

セントリューズ王立騎士団、騎士団長を務めるルーカスは、国王オリヴァーのもとを訪ねていた。

突然現れた弟に、オリヴァーは驚いている。

騎士団の伝達係がルーカスの指示でオリヴァーのもとを訪ねてくることはままあれど、ルーカス自身が訪ねてくるのは、とても珍しいことなのだ。

「今日は折入って、陛下にお願いしたいことがあってまいりました」

「お願いしたいこと？」

「はい」

うやうやしく頭を下げたルーカスは、ゆっくりと顔を上げると真っすぐに、兄であるオリヴァーを見つめた。

黒曜石のように黒く、美しい瞳。

長いまつ毛、艶のある黒髪と整った顔立ちは、まるで神が意図してつくり上げたような生きた芸術品を思わせる。

「——後生です、陛下。ノーザンブルの第一王女、ビアンカ・レイヴァに結婚を申し入れたい」

王宮内でも一番の広さを誇る、国王執務室。

入口の扉を開けた正面の窓の向こうには美しい王宮庭園が広がっている。

「今すぐにでも彼女を、私の花嫁に迎えたいのです」

この世には存在しない、黒薔薇のように美しいルーカスは、凛と通る声でそう言うと、迷いのない目で真っすぐにオリヴァーを射抜いた。

一方のオリヴァーは、狐につままれたような顔で固まっている。

それも、そのはず。ルーカスはつい先日、友好国から申し入れされた縁談を、突っぱねたばかりなのだ。

「突然、なにを言いだすかと思えば……。お前が結婚など、どういう風の吹き回しだ」

驚いたような、あきれたような声をこぼしたオリヴァーは、右手に持っていた羽ペンをデスクの上へと静かに落とした。

「その上、今すぐなど……。なにか、おかしなものでも食べたのか」

まさかルーカスが、結婚など。その上、今すぐと言いだしたら理由を聞かずにはいられない。

これまで幾度となく舞い込んできた縁談を、すべて断り続けてきた男がいったいなにを言いだすのかとオリヴァーは夢でも見ているような気分だった。

「以前から、考えていたことです」

「以前から……？　それはいったい、いつからだ」

「幼少の頃からです。私が結婚をするのなら、ノーザンブルの第一王女ビアンカと……と、考えておりました」

キッパリと言いきったルーカスの言葉には、迷いがない。

けれど、あまりに突然のことに思考の追いつかないオリヴァーは、「うーん」とうなるばかりだった。

「ノーザンブルは小国ですが、園芸農業の盛んな国でもあります。セントリューズの国土から得られる豊かな恵みをより発展させていくためにも、我々がノーザンブルの技術を学ぶことも必要かと」

言っていることは間違いではないが、取ってつけたような話だとオリヴァーは苦笑いをこぼした。

オリヴァーの知る限りではノーザンブルは王族と民衆が互いを思い合い、尊重して日々を生きる、平和で穏やかな国だ。その反面、武力ではずいぶんと他国に比べて劣っている。

たしかにルーカスの言う通り、園芸農業技術に関してはセントリューズの一歩先を行っているかもしれないが、悪く言えば、それだけの国だった。

ノーザンブルとほぼ同等の技術を持ちながら、武力もそこそこ兼ね備えた国は存在する。

政略結婚を……というのなら、騎士団長かつ第二王子という立場であるルーカスは、セントリューズにとって、より好条件の国の姫君を花嫁にもらうべきだ。とはいえ、結婚自体を突っぱねているオリヴァーが言えることではないのだけれど。

「お前の気持ちは、わかった。だが、今すぐというのは……先方が、すぐに了承するかどうかは、わからないぞ」

突然こちら側から政略結婚の申し入れを受けたノーザンブル国王が、大事な娘をふたつ返事で嫁に出すとは、オリヴァーには思えなかった。

いくら相手が自分たちよりも格上のセントリューズであるとはいえ、急ぎと言われて、はいそうですか、よろしくお願いしますとうなずけることではない。

女性の婚礼準備にも本来ならそれなりの時間がかかる。

その上、ルーカスは他国では〝冷酷無情な男〟であると、その名が知れ渡っているのだ。

ノーザンブル国王が、そんな男に大事なひとり娘である第一王女を嫁がせるかどうか……。

「それに関しては問題ありません」

「……なぜ、そう言いきれる」

「ノーザンブル国王は、こちらからの政略結婚の申し入れを、絶対に断れないからです」

淡々と、表情ひとつ変えることなく言いきるルーカスに、オリヴァーは疑問を覚えはしたが彼の言葉を疑おうとは思わなかった。

優秀な騎士団を束ねるルーカスは、どんなことにもぬかりのない男だ。

だからこの政略結婚話にも、なにか仕掛けがあるのだろうと聞かずとも察してしまう。

「そうまでして、手に入れたい相手なのか」

「はい」

躊躇なく答えるルーカスの意志は固い。

幼い頃から決めていた、と言った言葉は、どうやら嘘ではないらしい。

「お前の気持ちはよくわかった。だが、ルーカス。それならなぜ、今までそれを私に言わなかった」

「……」

「お前が望むのなら、よほどのことではない限り、相手が誰であれ私は反対などしないよ」

今後こそあきれたように笑いながら、オリヴァーは椅子の背もたれへと体を預ける。

国王としてではなくルーカスの兄として言ったオリヴァーを前に、騎士団の黒い制服に身を包んだルーカスはバツが悪そうに眉根を寄せる。

言いたいけど言いたくない……そんな弟の表情が珍しく、オリヴァーは思わず目を見張り、首をかしげた。

「……陛下に、ビアンカの存在を知られたくなかったのです」

「私に？」

「彼女はとても美しくてかわいらしく……魅力的なので。たとえ相手が誰であろうと、自分以外の男が彼女に興味を持つことは、我慢なりませんでした」

苦々しげに言うルーカスは、独占欲の滲んだ目をオリヴァーへと向けていた。

その目に映る意志の強さとルーカスから放たれる色気に、思わずオリヴァーの背が粟立つ。

滅多に、感情を表に出さない弟が今、執着からくる嫉妬を表情に滲ませている。

オリヴァーは、それだけで弟が想いを寄せる彼女——ノーザンブル王国第一王女、ビアンカ・レイヴァに興味が湧いた。

もとより弟にはよい伴侶を……と考えていたオリヴァーが、ルーカスのこの申し出を、断る理由もないのだが。

「お前がそんなに言うなら、ノーザンブルの第一王女がどんな姫君なのか、私もとても気になるな」

オリヴァーが魅惑的な青い瞳を細めながらそう言うと、ルーカスの右眉がピクリと動いた。

まるで、それ以上言ったらたとえ兄でも容赦なく斬りかかると、ルーカスの目が言っているようだ。

鷹のように鋭い目で睨まれては、これ以上の軽口をたたくのもはばかられる。

「冗談だよ、ルーカス。それに私は、女性には興味が持てないのだと以前、話しただろう？」

オリヴァーの言葉にルーカスは、肩に入っていた力を抜いた。

ごく一部の人間しか知らないことだが、国王であるオリヴァーは女を愛せない——

ということになっている。

自分には男色の気があること。

そんな嘘をついてまで……オリヴァーは、この不器用な弟に居場所をつくってやりたかった。

自分の跡は、自分のために命を賭して戦おうという覚悟を決めた、ルーカスに継がせたい。それが無理でも、彼の子に……王座を継がせてやりたかった。

「……私が、女性に好意を抱くことはないよ」

「だからといって、兄上が必ず、ビアンカに魅了されないとは言いきれません」

「思った以上の、入れ込みようだなぁ」

思わず声をこぼして笑ったオリヴァーは、早急に馬を走らせノーザンブルへと政略結婚の申し入れをすることを約束した。

——セントリューズに暖かな春が訪れるまで、あと少しの話。

空に広がる枝に止まり、さえずる小鳥たち。

しばらくすると中央庭園にも美しく、薔薇が咲き乱れる季節がやってくる。

＊＊＊

そろそろ半月が経とうとしていた。

ビアンカがセントリューズに嫁いでから早三ヶ月。国を揺るがす王太后の謀反から、
淡いピンク色のドレスに身を包んだビアンカは、キラキラと目を輝かせながらジェドを見つめた。

光り輝くシャンデリア。部屋の中に漂う甘いミルクティーの香り。

「花祭り!?」

「ジェドさん、その花祭りって、いったいどんなお祭りなの!?」

焦ったようにビアンカから一歩、距離を取るジェド。

そのうしろではアンナが、あきれたような視線をビアンカに送っている。

けれどすっかりと興奮した様子の彼女は、アンナの冷たい目にも気づいていない。

「は、花祭りとは、春の妖精を送り出し、夏の太陽を迎えるための祭りです」

「夏の太陽を……」

「昼は街のあちこちに出店が出たり、人々が踊ったり……夜になると花を手にした人々が、輝く星の下で愛を語り合います」

「素敵……」

ほうっと甘いため息をついたビアンカは、美しいヘーゼルの瞳をそっと細めた。

〝花祭り〟

花好きのビアンカからするとその祭りは名前だけでも魅力的で、内容まで彼女の心をくすぐった。

「さらに、花祭りの夜は〝星夜〟と呼ばれ、恋人たちは仮面をつけて街を歩く風習がありまして……」

「仮面？　それは、仮面舞踏会みたいな仮面？」

「はい。相手の顔は見えずとも、愛するふたりは自然と惹かれ合うものという意味合いから始まったことのようです。ですが、今では老若男女問わず、ほとんどの人間が星夜につけるアクセサリーとして、仮面をつけて歩きます」

〝相手の顔は見えずとも、愛するふたりは自然と引かれ合うもの〟

なんとロマンティックな考えなのだろうかと、ビアンカは再び、甘いため息をこぼした。

「そして、星夜に愛を確かめ合ったふたりは、永遠に幸せになれるという古くからの言い伝えもあって……」

「永遠に、幸せに?」

「はい。ふたりで星の輝く夜に、愛を語り合いながら互いに花を贈ります。だから一年でもこの日が一番、恋人たちが盛り上がるとも言われているんです」

「やっぱり、とても素敵なお祭りね……」

ジェドの話を聞きながら、頬を赤く染めたビアンカは、自身の夫であるルーカスの姿を思い浮かべた。

王宮内の、ルーカスとビアンカが過ごす部屋の中。

肝心のルーカスは朝から職務のために出てしまって不在だけれど、もし……その祭りにルーカスとふたりで参加できたらどれだけ楽しいだろう。

星の輝く空の下で、愛を語り合い花を贈る……。

ルーカスは毎夜、ビアンカに甘い言葉をささやいてくれるものの、それとこれとは話が違う。

「ねぇ……ジェドさん」

「はい」

「その花祭りって、私は、参加しちゃダメ？」

「え……ええっ⁉」

「だって、参加者はみんな、仮面をつけるのよね？　それなら私が参加しても、問題なさそう！」

「そ、それは……」

「ハァ……」

瞳を輝かせているビアンカとは対照的に、重いため息をついたのはアンナだ。

アンナはビアンカがセントリューズに嫁ぐ以前、祖国ノーザンブルの王宮を抜け出し国王に内緒で街の祭りに参加していたのを見てきた。

そのときはアンナがいくら止めても聞かず、町娘に変装し、すっかりと街の雰囲気に溶け込んでいたけれど。穏やかなノーザンブルの国民たちは、ビアンカが王女であると気づいている人間も多かった。

結果として国王にバレて、城に連れ戻される……というのがお決まりだったのだけれど、だからこそ今回も、ビアンカは行くと言いだすだろうとアンナは心の中で予測していた。

「私、町娘の変装には自信があるの！」

「へ、変装⁉」

ほらほら始まった、とアンナの眉間にシワが寄る。

「だから心配しなくても、大丈夫！　それにセントリューズのことをよりよく知るためにも、街の行事に参加するのも大事だわ！」

「で、ですがビアンカ様……！」

「うんうん、絶対参加するべきよ！　仮面は、ノーザンブルから持ってきたものがあるし、町娘の服は誰かに貸してもらえば……」

「ビ、ビアンカ様、でも──」

「夜のほんの少しの間だけなら、きっとなんの問題もないはず！　ねっ、だからジェドさん、私、ルーカスと一緒に──」

「──そのルーカス様は、今朝から隣国に巡察に出られていることをお忘れですか」

「……っ！」

「お戻りは、明日の昼過ぎになると記憶しております。ビアンカ様も、承知のことと思いますが」

ビアンカの言葉を遮って、ピシャリ！と言ってのけたアンナは黒く光る目をそっと細めた。

ビアンカの夫であるルーカスは、今日一日隣国の軍の巡察に出ているのだ。

アンナが言った通り帰ってくるのは明日、太陽が空に一番高く上がる頃。

花祭りの今日中には、セントリューズには戻らぬ予定だった。

「も、申し訳ありません、ビアンカ様。たった今、アンナ様がおっしゃった通りで……。今日に限って、団長は不在でして……」

ジェドの言葉を聞いて改めてシュンと肩を落としたビアンカは、長いまつ毛を伏せて押し黙った。

花祭りの夜は、恋人たちが愛を語り合いながら相手に花を贈るのだ。

つまりそれは、恋人同士が近くにいないとできないということにほかならない。

「団長の代わりに、自分が巡察に出られたらよかったのですが。先日のアストン元将軍の侵入の件もあり、事情説明も兼ねて団長が行かねばならないお立場でありまして……」

申し訳なさそうに眉尻を下げるジェドを前に、ビアンカは大きく首を左右に振った。

ルーカスは王立騎士団の騎士団長を務めているのだ。責任ある彼の立場からすれば、当然のことでもある。

「ううん、ジェドさん気にしないで……。ルーカスが忙しいのはわかっているし、今のはすべて、忘れてください」

「ビアンカ様……」

「ルーカスがいないんなら、私も花祭りに参加する意味がないもの」

力なく笑ったビアンカは、再びそっと、肩を落とした。

そもそもビアンカが花祭りに参加するなど、難しい話だ。

国民にルーカスの妻であるビアンカだとバレてしまえば大騒ぎになってしまうだろうし、なにより身の危険もあるかもしれない。

また、アストンの元将軍のような男にさらわれたら元も子もない。

ルーカスの仕事を増やすだけだし、今度こそ彼はビアンカをさらった男をその場で斬り捨ててしまうだろう。

「星夜、か……」

だから、仕方のないこと。

あきらめなければいけないこと。

ビアンカは再度ため息をこぼすとドレスの端を、きゅっと強く握りしめた。

「……とは、言ったものの」

夜、部屋のテラスから星を見上げていたビアンカは、セントリューズの街があるほうを見つめて唇を尖らせていた。

今頃は、国民たちが星夜を祝っている頃だろう。

「やっぱり花祭り、見るだけでも参加したかったわ……」

ぽつりとこぼした言葉は、夜の闇に消えていく。

年に一度の花祭り。

恋人たちが花を手に愛を語り合う夜は、さぞかしロマンティックなものに違いない。

至るところで花々が咲く街中、幻想的な淡いランプの光が点々と灯された大通り。

美しい仮面をつけた恋人たちが、互いに見つめ合い愛を語らう。

そして、花祭りの夜、星夜に愛を確かめ合ったふたりは永遠に幸せになれる——。

「私も、ルーカスと参加したかったな」

テラスの手すりに両手をのせて、ぼんやりと夜空を見上げたビアンカは、同じ空の下にいるであろうルーカスのことを想っていた。

(……今頃は、疲れて寝ているかしら)

朝方、ビアンカの体をギュッと抱きしめ『行ってくる』と唇にキスをくれた彼のぬくもりを思い出す。

『すぐに帰ってくるからおとなしく待っていろ』と言ったルーカスは騎士団の黒いロングコートを羽織り、さっそうと回廊を歩いていった。

ひとり残された、広い部屋の中。ルーカスのいないベッドはやけに広く感じてしまって落ち着かない。

毎夜、ビアンカを抱きしめて眠るルーカスは、わずかな隙間さえ惜しいとばかりにビアンカの体を自身の腕の中へと閉じ込めるのだ。

彼と過ごす、熱い夜。甘い吐息はビアンカの体の芯を震わせて、彼女の体に愛しさばかりを募らせた。

「……ルーカスに、会いたい」

今朝、会ったばかりなのに。会えないのはたった一日なのに、ルーカスのぬくもりが恋しい。

王太后と前宰相アーサーの謀反が起きた後も一週間ほど彼と会えない日が続いたが、それから半月が経った今でも、ルーカスの多忙は続いたままだった。

そもそもルーカスと結婚してからというもの、ゆっくりとふたりきりの時間を過ごせた日は一日もない。

第二王子兼王立騎士団長という立場の彼は、国王オリヴァーよりも多忙だった。

「はぁ……」

今日、何度目かもわからないため息がこぼれた。

ため息をこぼすと幸せが逃げる……なんて以前アンナが言っていたが、もしそれが本当であれば、もうとっくに幸せは逃げてしまっているだろう。

「もう、寝よう……」

いつまでもテラスで星を眺めていても仕方がない。ビアンカは、肩にかけていたショールを掴んで踵を返した。

目の前には綺麗にベッドメイクのされた白いシーツ。

その上に飛び込んでしまえばもう、明日を迎えるしかない。

「……っ⁉」

と、そのタイミングで突然、部屋の扉が小さくうなった。

反射的に身構え足を止めたビアンカが、その場に立ちすくむと騎士団の制服を身にまとったルーカスが扉の向こうから現れた。

「ビアンカ?」

「ル、ルーカス……?」

ビアンカが呆然としながら尋ねると、ルーカスはテラスで立ちすくむビアンカを見つけて一瞬だけ驚いたように目を見開いたが……すぐにその目を細めて、彼女を愛おしむように微笑んだ。

「また、そんな格好でテラスに出ていたのか。風邪でも引いたらどうするんだ」

ビアンカは目の前の現実を受け止めきれずに返事ができない。

なぜならルーカスは今頃は隣国にいるはずで、帰ってくるのも明日の昼過ぎだと思っていたのだ。

「まだ、夜は冷えるな」

言いながら、ルーカスがうしろ手で扉を閉める。

静まり返った部屋の中では心臓の音だけがトクトクと耳に届いて、鼓膜を切なく揺らしていた。

「ルーカス……たしか、帰ってくるのは明日のはずじゃ……」

ようやくビアンカが口を開くと、ルーカスは再びそっと目を細める。

「ああ、その予定だったが……王宮を出た直後に、今日は花祭りだったことを思い出したんだ。もし、ビアンカが今日は花祭りであることを知ったら、参加したいと言いだすのではないかと思って帰ってきた」

「え……」

「巡察を昼間のうちにすませ、夜になる前に向こうを出た。急いで馬を走らせたものの、結局こんな時間になってしまったが……」

よく見るとルーカスの手には、美しい一輪の薔薇が握られていた。

「今からならまだ、星夜の行事くらいには参加できるだろう。俺と一緒に、仮面をつけて街に出るか？」

それはまるで、幼い頃に庭園で見たあの薔薇のような——。

そういえばルーカスから花を贈られたのは過去、あの一度だけ。

幼い頃、庭園で会った少年ルーカスが薔薇をくれた、それきりだ。

「ビアンカ、どうする？」

ほんの少し乱れた髪をかき上げながら、ビアンカを真っすぐに射抜く黒曜石のような瞳が月明かりを映して静かに光った。

朝早くから隣国に巡察に出かけていたルーカスは疲れているはずなのに、ビアンカのために急いで馬を走らせ帰ってきてくれたのだ。

その事実がビアンカはたまらなくうれしい。と同時にほんの少しだけ、申し訳なくなる。自分は今日も、ここで彼の帰りを待つことしかできなかった。

「私は……私はね？」

彼女がルーカスを見て微笑むと、そんな彼女をまぶしそうにルーカスは見つめ返した。

疲れている彼をこれから連れ回すなど、ビアンカにはできない。

「私は、ルーカスと一緒にいられるのなら、どこでもいいの」

「ああ」

「だから今日は、このテラスで……星を見ながら、ふたりきりの夜を過ごしたい」

本当は少し星夜も気になるが、それは来年でも再来年でも、ビアンカがルーカスの妻でいる限り、未来で彼が叶えてくれるだろう。

「ね、今日はゆっくり、ここで休みましょう」

ビアンカの言葉を合図にルーカスは長い足を前に出し、彼女のもとまで歩いてきた。

月明かりをまとう黒に包まれた体。凄艶な雰囲気と薔薇の香りが鼻先をかすめて、ビアンカの体が甘く震える。

「……本当に、それでいいのか？」

「うん、それがいいの」

「そうか……。では、来年こそは必ず、お前の望みを叶えよう」

言いながら、ルーカスは華奢な体を抱き寄せた。

ルーカスにはビアンカの想いなど、お見通しなのだ。ビアンカが自分を気遣い、部屋で休もうと提案してくれたのだと、ルーカスは気づいていた。

「ありがとう、ルーカス」

逞しい腕にビアンカが頬をのせると、彼女の髪を温かい手が優しくなでた。

ルーカスと同じく、月明かりに照らされて淡く光るビアンカのブロンドの髪。美しい髪はやわらかく、いつだって甘い花の香りがする。

「お前のために用意した、この薔薇は……どうする？」

「それは花瓶にさして、大事にするわ」

「また、どこぞの王子に取られないようにな」

「ふふっ。今度は絶対、取られないように気をつける」

ルーカスの腕の中、小さく笑みをこぼしたビアンカが彼を見上げると、ルーカスは手に持っていた薔薇をテラス横のサイドテーブルの上へと置いた。

赤く、美しい薔薇の花。花言葉は……〝愛情〟だ。

ルーカスのビアンカに対する気持ちを表すには、これ以上ない花だった。

「お前を悲しませるような奴は、この俺が容赦なく処理するがな」

冗談には聞こえない冗談だ。

ルーカスなら間違いなく実行するだろう。花を奪った程度でルーカスに出てこられたら、相手のほうに同情したくなってしまう。

「そうなる前に、私が相手を倒すわ」

「どうやって?」

「うーん……。やっぱり、ジェドさんに剣技を習おうかしら?」

冗談めかしてビアンカが首をかしげると、ルーカスの眉間にシワが寄った。

マズイ……と思っても、もう遅い。

ルーカスは自分がジェドをビアンカの護衛に任命しておきながら、ジェドに対して時々対抗心を燃やすのだ。

「ふたりきりのときに、ほかの男の名前など出すな」

「で、でも……相手は、ジェドさんだし」

「誰であろうと同じだ。お前は俺のことだけを、考えていればいい」

ビアンカの腰を強く引き寄せ、彼女を腕の中へと閉じ込めたルーカスは、長い指で彼女の弱いところをそっとなぞった。

思わずビアンカが声を漏らして体を震わせると、ルーカスの目に獰猛な男の色が浮かび上がる。

「あ……明日も、朝早いんでしょう？」

「今日、仕事をすべて片づけたおかげで明日は一日空きそうだ。だから今日と明日は……ゆっくり、ビアンカとの時間を過ごせるだろう」

その言葉に、ビアンカは思わず目を見開いた。

ルーカスと結婚してから約三ヶ月。彼と一日中、ずっと一緒にいられる日など一日たりともなかったのに。

「本当……？」

「ああ」

「うれしい……ずっと、ルーカスとゆっくりとした一日を過ごしたいと思っていたから……」

温かい腕の中、美しい顔を見上げながらビアンカが微笑むと、ルーカスは応えるように微笑んだ。

すべてを見透かすような、透き通った瞳。

吸い込まれるようにビアンカが彼に魅入っていると、突然、彼女の体が宙に浮く。

「ひゃ……っ、ル、ルーカス⁉」

「さんざん煽った、お前が悪い」

「え……ええっ⁉」

「お前の望み通り、これから朝まで愛を確かめ合おう」

当然だろうとばかりに言ってのけたルーカスを前に、ビアンカは返す言葉を失った。

(煽った……って、私、煽ってなんか、いないんだけど！)

「星夜に愛を確かめ合ったふたりは、永遠に幸せになれると言われているらしいしな」

「え……」

「たまには、先人たちの残した言い伝えを信じてみるのもいいだろう」

ビアンカの体を抱え上げたまま、真っすぐにルーカスが向かったのはベッドだった。

……たしかに、星夜の言い伝えはそうだけれど。

ビアンカの記憶が確かであれば、〝朝まで〟という言葉はどこにも出てこない。

「ちょ、ちょっと待って、ルーカス……！」

「待てないと言ったら？」

「で、でも待って、ホントに……」

「無理だ、待てない」

言葉と同時、ビアンカが下ろされたのは広いベッドの上だった。

ギシリ……とうなるスプリング。白いシーツの上に波打つブロンドの髪、ビアンカの体を組み敷くルーカスは黒いコートを脱いでベッドの下へと無言で落とした。

「今すぐ、お前が欲しい」

熱く、甘い言葉を耳もとでささやかれ、ビアンカの体が再び甘い熱を持った。

これからふたりで愛を語り合う。けれどそれは言葉だけではなく、間違いなく体と体で語り合おうということにほかならない。

「で、でも私は、ルーカスのために花を用意してないし……」

恥ずかしさから、ビアンカはほんの少しの抵抗を試みた。

「言い伝えでは、愛を語り合いながら互いに花を贈らなきゃなのよね？　私……今日はルーカスに会えないとばかり思っていたから花は用意していないわ。それじゃあ、言い伝えの通りにはならないんじゃ……」

と、ビアンカがそこまで言ったところで、ルーカスの人さし指が花に止まる蝶のように、彼女の桜色の唇に触れた。

ビアンカが思わず目を見開いて固まると、今度はルーカスがそっと口を開く。

「お前という花を、これからもらうから問題ない」

「……っ！」

「お前には花以上に甘い蜜があることを、俺は知っている」

「ん……っ」

言葉とほぼ同時に、重なり合う互いの唇。

わずかな隙間をついて侵入した熱い舌が、ビアンカの体を甘く、官能的に痺れさせた。

薄いネグリジェの裾をたくし上げた指先も熱く、ビアンカの体を愛でるように優しくなでる。

この三ヶ月の間に見つけられたビアンカの弱いところをルーカスが的確かつ丁寧に攻め立てる。

「や……っ、ダメ、ルーカス……っ」

「ダメと言うわりに、体は正直だ」

「それ、は……っ」

あえて言葉にするあたりがイジワルだ。結局なんの抵抗もできないビアンカは、彼から与えられる刺激に従うしかない。

「もっと、俺を欲しろ。そうすればお前の望むままに……すべてを、ビアンカに捧げよう」

「あ……っ」

長い指に焦らされて、何度も何度もビアンカは甘く切ない声をあげた。

彼女が鳴けば鳴くほど、ルーカスの熱は増すばかりだ。

胸もとに咲いた、赤い花。それはルーカスがビアンカを抱くたび、彼女の体に残す愛の印で……彼がどれだけ、彼女を想っているのかを示す証でもあった。

「ルーカス……もう……ダメ……」

月明かりの照らす部屋の中で、ふたりの甘い吐息が混ざり合う。

目に涙を浮かべて懇願するビアンカを、愛おしそうに見下ろしたルーカスは、そっと彼女の額に口づけた。

「……愛している、ビアンカ。俺にとってはお前だけが、この世に咲くどの花よりも美しい花だ」

本物の花よりも、美しく。

ビアンカは、ルーカスからの愛を受けて花開くのだ。

そんな彼女を抱きしめる腕はいつでも温かく、彼女のことを守っていた。

「ルーカス……私も、愛してる……」

美しい花に注がれるのは、深い愛。

頬を伝ってこぼれた涙は、幸せの証。

ビアンカからの愛の言葉を受けたルーカスは、愛おしい彼女を見ながらとても幸せそうに、微笑んだ。

FIN

あとがき

このたびは『騎士団長は若奥様限定!?溺愛至上主義』を、お手に取ってくださり、ありがとうございます。作者の、小春りんと申します。

「鴉がいなくなるとロンドン塔が崩れ、ロンドン塔を失った英国が滅びる」

イギリス・ロンドン塔には、古くから、そんな言い伝えがあります。それは昔、占い師が予言したことらしいのですが、現在でもその予言の通り、ロンドン塔では「レイヴンマスター」と呼ばれる役職の王国衛士によって一定数の鴉が飼育されているそうです。

日本では嫌われ者の鴉ですが、国が違えばまた変わった見方もあるのだな……と、はじめて知ったとき、興味を持ちました。今作は、そんな言い伝えを知ったことから、生まれました。

どんな苦境に立たされても、前を向く強さを持ったビアンカとルーカス。そこに深い愛が加わったのなら、きっと誰にも負けないふたりになる——。

「ラブファンタジーをはじめて読む方にも楽しんでいただきたい！」。今作を書く上で、常にその想いが胸にあったのは、私自身がはじめて、ラブファンタジーというジャンルに挑戦したからなのだと思います。なかなか難しく感じる部分もありましたが、皆さんの一日のうちの一分でも、ドキドキ、キュン、時々笑える……そんな、忙しい日常を少しでも忘れられる時間をお届けできたのなら、うれしいです。

機会があれば、今度は兄オリヴァーの話も書きたい、なんてことも思っております。

最後になりましたが、素敵な表紙を描いてくださった、武村ゆみこさん。とっても綺麗で優しい担当編集の鶴嶋さん。いつも私の想いを汲んでくださる編集協力の佐々木さん、デザイナーさん、スターツ出版の皆様。

そして、今日まで支えてくださった、たくさんの読者様に心から感謝いたします。

あなたとこうして〝繋がる（Ｌｉｎｋ）〟ことができたことに。そしてこれからもあなたの周りに、笑顔があふれますよう。精いっぱいの感謝と、愛を込めて。

小春《こはる》りん（Ｌｉｎｋ）

小春りん先生への
ファンレターのあて先

〒104-0031
東京都中央区京橋1-3-1
八重洲口大栄ビル7F
スターツ出版株式会社　書籍編集部　気付

小春りん 先生

本書へのご意見をお聞かせください

お買い上げいただき、ありがとうございます。
今後の編集の参考にさせていただきますので、
アンケートにお答えいただければ幸いです。

下記URLまたはQRコードから
アンケートページへお入りください。
http://www.berrys-cafe.jp/static/etc/bb

騎士団長は若奥様限定!? 溺愛至上主義

2017年11月10日　初版第1刷発行

著　者　小春りん
©Lin Koharu 2017

発行人　松島 滋

デザイン　hive & co.,ltd.

校　正　株式会社　文字工房燦光

編集協力　佐々木かづ

編　集　鶴嶋里紗

発行所　スターツ出版株式会社
〒104-0031
東京都中央区京橋 1-3-1　八重洲口大栄ビル7F
TEL　販売部　03-6202-0386（ご注文等に関するお問い合わせ）
URL　http://starts-pub.jp/

印刷所　大日本印刷株式会社

Printed in Japan

乱丁・落丁などの不良品はお取替えいたします。
上記販売部までお問い合わせください。
定価はカバーに記載されています。

ISBN 978-4-8137-0352-5　C0193

ベリーズ文庫
好評の既刊

書店店頭にご希望の本がない場合は、
書店にてご注文いただけます。

『次期社長と甘キュン!?お試し結婚』

黒乃《くろの》 梓《あずさ》・著

祖父母同士の約束でお見合いすることになった晶子。相手は自社の社長の孫・直人で女性社員憧れのイケメン。「すぐにでも結婚したい」と迫られ、半ば強引にお試し同居がスタート。初めは戸惑うものの、自分にだけ甘く優しい素顔を見せる彼に晶子も惹かれていき…!?

ISBN978-4-8137-0332-7／定価：本体650円+税

『溺あま御曹司は甘ふわ女子にご執心』

望月《もちづき》いく・著

ぽっちゃり女子の陽芽は、就職説明会で会った次期社長に一目ぼれ。一念発起しダイエットをし、見事同じ会社に就職を果たす。しかし彼が恋していたのは…ぽっちゃり時代の自分だった!?「どんな君でも愛している」――次期社長の規格外の溺愛に心も体も絆されて…。

ISBN978-4-8137-0333-4／定価：本体630円+税

『イジワル社長は溺愛旦那様!?』

あさぎ千夜春《ちよはる》・著

イケメン敏腕社長・湊の秘書をしている夕妃。会社では絶対に内緒だけど、実はふたりは夫婦！　仕事では厳しい湊も、プライベートでは夕妃を過剰なほどに溺愛する旦那様に豹変するのだ。甘い新婚生活を送る夕妃と湊だけど、ふたりの結婚にはある秘密があって…？

ISBN978-4-8137-0329-7／定価：本体640円+税

『王宮メロ甘戯曲　国王陛下は独占欲の塊です』

桃城猫緒《ももしろねこお》・著

両親を亡くした子爵令嬢・リリアンが祖父とひっそりと暮らしていたある日、城から使いがやって来る。半ば無理やり城へと連行された彼女の前に現れたのは、幼なじみのギルバート。彼はなんとこの国の王になっていた!?　リリアンは彼からの執拗な溺愛に抗えなくて…。

ISBN978-4-8137-0335-8／定価：本体630円+税

『狼社長の溺愛から逃げられません！』

きたみ まゆ・著

美月は映画会社で働く新人OL。仕事中、ある事情で落ち込んでいると、鬼と恐れられる冷徹なイケメン社長・黒瀬に見つかり、「お前は無防備すぎる」と突然キスされてしまう。それ以来、強引なのに優しく溺愛してくる社長の言動に、美月は1日中ドキドキが止まらなくて…!?

ISBN978-4-8137-0330-3／定価：本体630円+税

『クールな伯爵様と箱入り令嬢の麗しき新婚生活』

小日向史煌《こひなたしおん》・著

伯爵令嬢のエリーゼは近衛騎士のアレックス伯爵と政略結婚することに。毎晩、寝所を共にしつつも、夫婦らしいことは一切ない日々。でも、とある事件で襲われそうになったエリーゼを、彼が「お前は俺が守る」と助けたことで、ふたりの関係が甘いものに変わっていき!?

ISBN978-4-8137-0334-1／定価：本体640円+税

『エリート上司の過保護な独占愛』

高田《たかだ》ちさき・著

もう「いい上司」は止めて「オオカミ」になるから――。商社のイケメン課長・裕貴は将来の取締役候補。3年間彼に片想い中の奥手のアシスタント・紗衣がキレイに目覚めた途端、裕貴からの独占欲が止まらなくなる。両想いの甘い日々の中、彼の海外勤務が決まり…!?

ISBN978-4-8137-0331-0／定価：本体630円+税

『クール上司の甘すぎ捕獲宣言！』

葉崎《はざき》あかり・著

OLの香奈は社内一のイケメン部長、小野原からまさかの告白をされちゃって!?　完璧だけど冷徹そうな彼に戸惑い断るものの、強引に押し切られ"お試し交際"開始！　いきなり甘く豹変した彼に、豪華客船で抱きしめられたりキスされたり…。もうドキドキが止まらない！

ISBN978-4-8137-0349-5／定価：本体640円+税

ベリーズ文庫
2017年11月発売

書店店頭にご希望の本がない場合は、
書店にてご注文いただけます。

『エリート外科医の一途な求愛』

水守恵蓮《みずもりえれん》・著

医療秘書をしている葉月は、ワケあって"イケメン"が大嫌い。なのに、イケメン心臓外科医・各務から「俺なら不安な思いはさせない。四六時中愛してやる」と甘く囁かれて、情熱的なアプローチがスタート！
彼の独占欲剥き出しの溺愛に翻弄されて…!?

ISBN978-4-8137-0350-1／定価：本体640円+税

『イジワル副社長と秘密のロマンス』

真崎奈南《まさきなな》・著

千花は、ずっと会えずにいた初恋の彼・樹と10年ぶりに再会する。容姿端麗の極上の男になっていた樹から「もう一度恋愛したい」と甘く迫られ、彼の素性をよく知らないまま恋人同士に。だけど千花が異動になった秘書室で、次期副社長として現れたのが樹で…!?

ISBN978-4-8137-0346-4／定価：本体630円+税

『朝から晩まで!?国王陛下の甘い束縛命令』

真彩《まあや》-mahya-・著

敵国の王エドガーとの政略結婚が決まった王女ミリィ。そこで母から下されたのは「エドガーを殺せ」という暗殺指令！　いざ乗り込むも、人前では美麗で優雅なのに、ふたりきりになるとイジワルに甘く迫ってくる彼に翻弄されっぱなし。気づけば恋…しちゃいました!?

ISBN978-4-8137-0351-8／定価：本体650円+税

『副社長は束縛ダーリン』

藍里《あいさと》まめ・著

普通のOL・朱梨は、副社長の雪平と付き合っている。雪平は朱梨を溺愛するあまり、軟禁したり縛ったりしてくるけど、朱梨は幸せな日々を送っていた。しかしある日、ライバル会社の令嬢が強引に雪平を奪おうとしてきて…!?　溺愛を超えた、束縛極あまオフィスラブ!!

ISBN978-4-8137-0347-1／定価：本体640円+税

『騎士団長は若奥様限定!?溺愛至上主義』

小春《こはる》りん・著

王女・ビアンカの元に突如舞い込んできた、強国の王子・ルーカスとの政略結婚。彼は王子でありながら、王立騎士団長も務めており、慈悲の欠片もないと噂されるほどの冷徹な男だった。不安になるビアンカだが、始まったのはまさかの溺愛新婚ライフで…。

ISBN978-4-8137-0352-5／定価：本体640円+税

『スイート・ルーム・シェア－御曹司と溺甘同居－』

和泉《いずみ》あや・著

ストーカーに悩むCMプランナーの美織。避難先にと社長が紹介した高級マンションには、NY帰りのイケメン御曹司・玲司がいた。お見合いを断るため「交換条件だ。俺の恋人のふりをしろ」とクールに命令する一方、「お前を知りたい」と部屋で突然熱く迫ってきて…!?

ISBN978-4-8137-0348-8／定価：本体630円+税

『パンプキン☆シンデレラ』

佳月《かげつ》弥生《やよい》・著

Now Printing

地味で異性が苦手なOL・可南子は会社の仮装パーティーで、ひとりの男性と意気投合。正体不明の彼のことが気になりつつ日常に戻るも、普段はクールで堅物な上原部長が、やたらと可南子を甘くかまい、意味深なことを言ってくるように。もしやあの時の彼は…!?

ISBN978-4-8137-0365-5／予価600円＋税

ベリーズ文庫 2017年12月発売予定

書店店頭にご希望の本がない場合は、書店にてご注文いただけます。

『サンプリングマリッジ！』

北条《ほうじょう》歩来《あゆら》・著

Now Printing

OLの花澄は、とある事情から、見ず知らずの男性と3カ月同棲する“サンプリングマリッジ”という企画に参加する。相手は、大企業のイケメン社長・永井。期間限定のお試し同棲なのに、彼は「あなたを俺のものにしたい」と宣言！　溺愛される日々が始まって…!?

ISBN978-4-8137-0366-2／予価600円＋税

『憧れの彼との365日間』

滝井《たきい》みらん・著

Now Printing

海外事業部に異動になった萌は、部のエースで人気NO.1のイケメン・恭介と席が隣になる。“高嶺の花”だと思っていた彼と、風邪をひいたことをきっかけに急接近！　恭介の家でつきっきりで看病してもらい、その上、「俺に惚れさせるから覚悟して」と迫られて…!?

ISBN978-4-8137-0362-4／予価600円＋税

『その瞳で私を見つめて、恋を教えて～私の守護者は溺愛系～』

夢野《ゆめの》美紗《みさ》・著

Now Printing

天真爛漫な王女ララは、知的で優しい近衛騎士団長のユリウスを恋慕っていた。ある日、ララが何者かに拉致・監禁されてしまい!?　命がけで救出してくれたユリウスと想いを通じ合わせるも、身分差に悩む日々。そんな中、ユリウスがある国の王族の血を引く者と知り…？

ISBN978-4-8137-0367-9／予価600円＋税

『愛に溺れるネオンテトラ～御曹司から謎の溺愛～』

砂原《すなはら》雑音《のいず》・著

Now Printing

両親をなくした小春は、弟のために昼間は一流商社、夜はキャバクラで働いていた。ある日お店に小春の会社の副社長である成瀬がやってきて、副業禁止の小春は大ピンチ。逃げようとするも「今夜、俺のものになれ」——と強引に迫られ、まさかの同居が始まって…!?

ISBN978-4-8137-0363-1／予価600円＋税

『猫伯爵の秘めごと』

坂野《さかの》真夢《まむ》・著

Now Printing

没落貴族令嬢・ドロシアの元に舞い込んだ有力伯爵との縁談。強く望まれて嫁いだはずが、それは形だけの結婚だった。夫の冷たい態度に絶望するドロシアだったが、あることをきっかけに、カタブツ旦那様が豹変して…!?　愛ありワケあり伯爵夫妻の秘密の新婚生活！

ISBN978-4-8137-0368-6／予価600円＋税

『僕は、きみの最後になりたい』

夏雪《なつゆき》なつめ・著

Now Printing

医療品メーカー営業の美織は、取引先の病院で高熱を出したある日、「キスで俺に移せば治る」とイケメン内科医の真木に甘く介抱され告白される。美織は戸惑いつつも愛を育み始めるが、彼の激務続きですれ違いの日々。「もう限界だ」と彼が取った大胆行動とは…!?

ISBN978-4-8137-0364-8／予価600円＋税